WELCOME
BACK
TO
SOUND

朋友请听好

《朋友请听好》节目组 主编

百花洲文艺出版社

用“陪伴”与“倾听”治愈人生，

用“温暖”与“真诚”书写生活。

朋友，请听好。

这是一本朋友间的分享之书，

更是迷茫青春和孤独人生的勇气之书。

当你满身疲惫，

这里有最真实也最真诚的人生智慧和温暖陪伴。

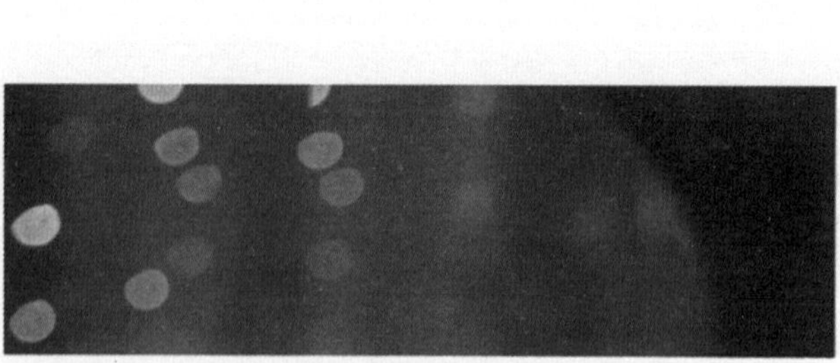

朋友们，

希望
在纷扰的
世界里，
能给你浮躁的心，
找到一份慰藉。

朋友，请听好。

·目录·

目录

爱情就像天气，它有晴，有雨，有风，有闪电，还有雾水。——三位真火

Chapter 2
人间告白
——致情感

·目录·

Chapter 3

真正的英雄主义
——致人生

只要踏实睡着，睁眼就不怕天塌下来。——三位真火

Chapter 4

朋友的话
——致最好的你

勇敢哭，用力哭，别逞强。——三位真火

序

周山

《朋友请听好》节目制片人

芒果 TV 副总裁

《朋友请听好》是我们今年制作的一档声音互动治愈真人秀节目。制作节目的初心其实是希望用声音来温暖都市人。随着科技的发展，社会的进步，我们惊讶地发现，孤独才是都市人城市生活的现状，“我们”怀着“诗与远方”的梦想离开家，承受着城市生活的高压。一个人回家，吃饭，运动，旅行……朋友圈越来越大，朋友却越来越少，很多心事、想法都只能藏于自己的内心，而不敢表明。我们希望可以通过这档节目，让大家回归那个有广播的年代，有手写信的年代。它也许不像现在那么方便快捷，但在传递之间，人与人之间的那种温度是无法取代的。

陪伴是声音的天性，温暖是节目的本质。同时我们希望，《朋友请听好》这个节目能给大家带来的，是可以听的，可以看的，有画面的，有声音的，也是有文字的。

节目里我们邀请了何炅老师、谢娜姐、易烊千玺弟弟三位嘉宾（听众朋友们热情地称他们为“三位真火”）和多位飞行嘉宾一起组建广播小站，用声音来温暖听众。而节目外，我们期待用图书的形式来继续陪伴读者。《朋友请听好》一书，邀请了二十二位不同领域的老师们来写下自己的信件，节目里的来信将在这里进行新的续篇。青春篇里的白宇老师、张新成老师……情感篇里的柳岩老师、辛夷坞老师……还有人生篇里的郦波老师、江志强老师等都在分享自己的感悟。书里我们也保留了节目里的《朋友的话》，何老师、娜姐和千玺在节目里抒写的句子，在这本书里也有体现，期待着可以陪伴读者度过一个又一个有温度的日子。

无论是节目，那个有声音有画面有互动的《朋友请听好》，还是这本书，这个有信件有朋友的话可以睡前读一读看一看的《朋友请听好》，都从未丢失过我们的初心，将“温暖”带给每一个陌生朋友，驱散孤独，与你感同身受。期待我们第二季见。

NOTHING TO LOSE.

(义无反顾。)

——三位真火

Chapter 1

时光少年

——致青春

三十而定

白宇
青年演员

我叫白宇，是一名演员，我今年三十岁了。作为一个刚刚好的90后，我其实一开始对三十岁没太大概念，但周围的家人、朋友还有同事都说，现在的我和以往有些不一样了。我思考了下，确实心态和思考事情的角度与之前有些不同，所以今年生日的时候我给我的三十岁想的关键词是“定”，三十而定，“坚定”的“定”。

我其实一直算是幸运的，作为一个演员，从中戏一毕业就能签到公司，也一直在演戏，尝试了很多我想尝试的角色，也有演戏演到非常“爽”的时刻。相比我认识的很多其他演员，我已经足够幸运了。我的三十岁，其实没有太多迷茫和惶恐，也没有什么犹豫。准确地说，那些迷茫和犹豫，已经在我三十岁到来前，慢慢被我化解掉了。

但你说，谁的人生能永远顺风顺水呢？我也面临过很多诱惑，面对过很多关键时刻的抉择，也有过一些痛苦和失落，但也是这些最终成就了现在的我，让我从三十岁开始，更加坚定了自己想要的是什么。

在我因为一些作品被更多人认识之后，更多的戏邀找来了，我开始有了更多选择的空间。我记得有一部戏找上我时，公司同事告诉我阵容非常“豪华”，一看就是个大制作大关注度的戏。我看了下剧本，对角色有了个大概的判断：这是个我可以比较轻松就能驾驭的角色。从各方面条件来讲，是个“性价比”蛮高的选择。

还有另一部戏，我清楚地记得剧本是过了晚上九点才发给我的，我点开之后，直接一口气看完，再看时间已经是凌晨五点了。那个剧本是你一旦打开看就停不下来的，根本停不下来，就想把它看完，不然你睡不着。但这部戏，这个角色，很难，光想象一下我就知道在剧组得有多苦。不过，这个角色，肯定也很“爽”。

其实，上面提到的两部戏档期并不冲突，也不是二选一，只是我回忆了下自己在角色上选择的过程，慢慢发现我心态其实有了这样的变化。所以也不能说突然三十岁就觉得我要坚定了，这是一个循序渐进的过程，只能说是生活中发生的每件事组成了后来的我，让我的内心更清晰起来，知道我想要的是什么。

我觉得做演员这个职业，必须热爱，发自内心地喜欢演戏，你才能真正得到你想要的，真正地觉得开心和幸福。不管年龄到哪一岁了，不管是不是所谓的“流量”，还是那句老话——“赤子之心”很重要。要记得当初为什么选择当演员，为什么要演戏，时不时地拿这些来审视自己，很多事情你就会释然，也会更努力地去工作。

把事儿都想明白了，记得自己的初心，然后，舒舒服服地结束一天的工作，换上普通的衣服，和朋友们去路边吃串儿，遛遛大马路。如果路边有人在弹吉他唱歌，也停下来听听，再出发。这样的生活，多好。

所有的事情到最后，

只要你喜欢，

你都能够实现你的梦想。

三餐四季不匆忙，

简单有趣有阳光。

勇敢就是最好的礼物

张新成
青年演员

亲爱的读者朋友们:

近日，我参加了湖南卫视的《朋友请听好》节目，那里的氛围很舒畅，就像节目组说的那样，是一个以慢生活为主的电台广播节目。但面对读者发来的信件，听众打来的电话，我还是感受到了现在大家的一些焦虑，我想就“勇气”和“选择”与大家分享一下。

同时，我也和师弟师妹们聊起了近况。因为疫情的影响，剧场和教室暂停使用，大家学习中的排练进度都落后了。我虽然已经毕业了，离开剧场和校园也有些日子，但听到这些，还是有些为师弟师妹们担心。

每个专业都有各自的特点。谈起表演，我想总是绕不开和舞台的关系。表演离不开舞台，离不开舞台上与你交流的对手，离不开舞台后操劳的工作人员，当然也离不开舞台下审视你的观众。

但在疫情之下，在各种现实的阻碍面前，每个表演者或许都需要思考一个命题——当剧场关闭，舞台不复存在，我们应当如何自处？我想这可能不仅是一种现实考量，也是对表演者信仰的考验。

想起自己刚走进中戏大门的时候，怀着满腔热血，带着一种相信自己一定能行的笃定。当时我总觉得只要按照老师们交代的要求勤加练习，把前期的准备与努力做足，完美的演出便是一定的。但世间哪里有完美，每次演出现场都有这样那样的意外和失误闯入，外人可能看不出来，但我心里明白，下一次必须要比这一次准备得更完善、更充足，才有可能阻止这些意外的发生。

到后来，随着每一场演出的顺利进行，灯光亮起的瞬间，仿佛所有的准备只是为了这一刻而进行。在一场场演出的磨炼后，我突然意识到，其实表演最重要的不是呈现本身，而是应当放弃自己置身舞台的意识，拥抱不确定性，将舞台的每一次呈现作为生命短暂无常的缩影来对待。表演者不该只是制造幻象，也应当映照我们脆弱易碎的生命本身。那么，剩下的问题，便是我们是否拥有足够的勇气面对生活呢？

这样的问题，指向我们每个人。它要求我们既可以享受成功与胜利的喜悦，也要安然于更多苦涩的低潮。从这个角度看，舞台从未消失，它每时每刻都存在，它用挑剔冷峻的目光，考验我们表演者的忠诚与信仰。

我们总是谈论“勇气”，谈论“选择”，其实两者是不可分割的。毕业了选择当演员是一种勇气，在自己喜欢的职业里扎根是勇气，离开这个行业寻找其他热爱的，也同样是一种勇气。

有人说，站上过舞台的人，终身都将是舞台的仆人。我想这样的说法大概是真的，剧场里的那些日夜，总是既让我怀念，又鞭策我带着勇气不断向前。

衷心希望大家有勇气选择自己想要走的那一条路，不畏艰难，勇敢向前。

给自己信心，

你远比想象的更优秀。

毫无保留地支持逐梦的你。

巴黎之约
——写给十七年前的自己

晓雪
《ELLE 世界时装之苑》前主编
畅销书作者

2002 年时，我是 *I LOOK* 杂志的编辑，第一次去巴黎时装周看秀。

从 *I LOOK* 主编到 *ELLE* 主编，我每年至少两次去巴黎时装周看秀。巴黎，成为北京和上海之外，我的青春成长岁月中最重要的城市。

我也未曾预料，去巴黎看秀，一季又一季，竟然看了十七年。

提笔已觉流年似水。穿越时空的感觉，很迷人。

Hi，2002 年的雪：

现在是 2019 年。

十七年前，你大概想不到，十七年后——我还在这里。每天在铁塔、卢浮宫、新桥、大小皇宫之间穿梭，一场一场地赶秀。

在巴黎每个熟悉的地方，我都会想起你，那个梳着马尾辫、第一次到巴黎、揣着地图和地铁线路图、兴奋得不知所措的你。

2012 年，我写过一篇叫《十年》的文章，记录你从第一次来巴黎到第十年，那篇文章到现在还在网络上传阅着，让看的人泪光闪闪，转眼七年过去了。

这个月在巴黎停留一周，巴黎一半时间在下雨。湿漉漉的有一点忧郁的巴黎，美如当年。当年你喜欢的那家书店，依然在拉丁区的那个拐角，那几本买不起又厚重得抱不动的大画册，和尘土一起躺在书店一隅。每次路过，找到那几本，抖一抖灰，翻开来，都是旧相识。

我依然喜欢在秀与秀的中间跑去橘园美术馆看看印象派，去吉美国立亚洲艺术博物馆拜拜佛像们。艺术才真的是十七年如一日啊，我每次站在那些百年前的画和千年前的佛头面前，就觉得自己还是那个吊着马尾辫的小女孩。有些比从前看得懂，有些一直都迷惑。

这季时装周的最后一场大秀，是路易威登，秀场在卢浮宫中庭。就是那个从贝聿铭设计的金字塔下去，穿过售票处，满是罗马雕塑的马利中庭。我忍不住想起了你，你那年第一次进卢浮宫，穿一件橘红色小袄，走到这里时像小孩子一样满眼放光，啧啧惊叹，你说你正走进一个传说……

时光也许是复刻机，十七年后，我已经数不清第多少次来到这里，但还是觉得，像走进一个古老的传说。往事如昨。

大秀结束，随着熙熙攘攘的人群走出金字塔，广场上的路灯亮了，夜色里，被映照得金灿灿的卢浮宫华美而神秘。我走过马约尔的雕塑“地中海”，脑子里闪过你和这个雕塑合影时羞涩地笑着的瞬间。

看秀这件事，从你那么痴迷，到我不那么痴迷，我们都还在这里。激情很重要，坚持比激情更重要。

水滴石穿的故事里，人们常提及石头竟被几滴水戳穿的结果，而其实令人尊敬的是那个趋于平淡而十分漫长的过程。

特别疲惫的时候，累到生病的时候，赶秀赶得不耐烦的时候，我就找一家咖啡厅，坐下，发发呆，想想你。你穿着一件白色的牛仔衣，颈间系着橘色的丝巾，在歌剧院正对的大街上欢快地奔跑，你那么开心，你心里喊着：我来巴黎看秀啦！

那身影和声音一直都在我的记忆里，不忘，或许就是对从前最好的尊重。

我没有保持住你那时的清秀，容颜正在不可逆转地衰老。我只留存了你对巴黎的一往情深。

你常坐在街角咖啡厅目不转睛地看着街上的法国姐姐们喃喃：“巴黎女人真好看啊，尤其是不再年轻的女人，那么有味道，岁月像一道光环罩在她们身上。”但愿，现在的我，已经活成了当年你眼中期待的模样。

塞纳河上，连接西岱岛与两岸的一共有九座桥，你我都最爱木条拼成的踩上去嘎嘎响的艺术家桥。每次走上桥，我都有时空穿梭的幻觉，仿佛看到你甩着马尾辫跳过来，记忆扑面，那大概就是初心的样子。

青春一晌，浮名落地。过去和现在缥缈交织，铁塔还是铁塔，卢浮还是卢浮；任世事变迁、疏钟淡月——你还是你，我也还是你。

在你我之间，岁月是一座桥，我们在两端，相安、思念。

2019 年 3 月 10 日 于巴黎

别钻进青春的死胡同

辛夷坞

80 后青春文学领军人物

很多人觉得我写了《致我们终将逝去的青春》，就一定对青春有着更多的感悟。事实上，我和大家一样，都是青春曾经领养的孩子。你哭，它笑，我玩着一个童年的布娃娃，一不小心跌倒，感染人生第一场抑郁，又开始学会做爱情的美梦，最后醒来的时候，你就突然跟身边的人发出疑问：我们什么时候长这么大的？而就在这个时候，或者更早，青春不动声色地拿走了我们所有的伤疤。

这是一个昂贵的梦。

我们都输了却不自知。青春是楚门的世界，没有谁可以逃出它的掌控；青春是一场黑暗，它做了一层密不透风的茧，然而有光，让你可以看得到外面的世界，让你肆无忌惮地哭泣、挣扎，歌颂每一个清晨。天黑的时候，所有人都在打磨关节，把自己拉长，同时，思想大规模出动，围剿每一个昏昏欲睡的脑袋。

青春是一个圈套，然而是善意的。

你虽然永远赢不过它、躲不开它，但是它终究会从你身边离开，干脆到连声招呼都不打，连个背影都不留下。然后你觉得自己解放了，前方面对的却是更多的圈套和陷阱。这个时候，你想起之前的每一次泪水、每一次跌倒、每一次愤怒和无助，当然，也有每一次侥幸的或是笃定的小小胜利。于是，你决定往前迈出第一步，褪去了所有的青涩和稚嫩。即便第一步就崴了脚，你也没有眼泪。你会苦笑、自嘲，拿高跟鞋撒气，然后继续一瘸一拐地赶路。

你知道回不去。青春已经是一场回忆。

而人生越往前，你越怀旧，越感念青春的美好。你翻着初恋对象写的分手信："瞧瞧，那时候，连欺骗都是真的。"你连夜赶着一个策划案，想起大学新生时，一个人拖着个大箱子局促而又兴奋地去报到。再后来，你不再会听着学友哥的演唱会流泪，甚至连爱人的一个拥抱都要计算时间成本；你住进了高楼，你坐进了汽车，你没有快乐，甚至悲伤，只是对着人生的下一个路口，烦躁地按喇叭。

再后来，又有很多人、很多梦想从你身边走开，他们离开的速度快到连回忆都来不及留下。你最后握住的只有青春的回忆，一屁股坐在沙发上，陷进去大半个人生，拿开影集，突然间泪流满面。

你终于原谅了青春，也终于懂得了感激。你终于开始承认它是你的生母。人生的密码早已在你懵懂初开的时候一把塞到了你手里，只是那时候，我们不懂得细细咀嚼。

现在知道了，那些恣意飞扬的岁月里，我们每一次躁动不安的梦想、年轻气盛的誓言、猝不及防的暗恋、义无反顾地摔倒又爬起，其实都藏着一颗颗饱满的种子，它让我们有了脊椎，有了思想，有了人格，通晓了嘴巴和手真正的功能。在人生每一场来势凶猛的暗战中，保全了自己。然后，一有机会，你完全可以朝着你想要的精彩和骄傲一路狂奔。

所以，在你离开青春后的每一天，如果人生真的遇到了太多怀疑、挫折、彷徨、无助，你要好好想想，曾经青葱岁月里的你，会怎么办。

朋友，青春不是死胡同。它终将逝去，却远未逝去，像读不完的书、流不完的血，一直给你温暖和力量。如果你善待它，懂得感恩和回报，它会在你认为的人生每一个死胡同面前笑眯眯地等你，拿出每一把钥匙，就像拿出你小时候期待已久的糖果。

说青春

李蕾
节目主持人、作家

你好吗？我是李蕾。

湖南卫视的《朋友请听好》节目组邀请我写一封信，写给青春，我毫不犹豫就答应了。

作为一个不再年轻的女人，虽然还没有老过，但我早已经跟青春狭路相逢、悲惨相遇了。那究竟什么是青春？我去搜了一下，跳出来一连串的词条。

张爱玲曾经说过出名要趁早，如果出名来得过于晚，好像就没那么快乐了。

写了《骆驼祥子》的老舍会讲，他没有过青春，将来也就不会有什么希望。

那青春还意味着青春期、青春痘、诗和远方、鼻青脸肿的回忆和一切皆有可能。但看完所有的答案，我会觉得说这些都没有用，我得自己想，究竟什么是青春？

我想起有一次去参加活动，台上站着一个成功人士，他发表完演讲，全场响起了长达三分钟的掌声，然后一个年轻人站起来问，我们应该怎样度过自己的青春？你有什么建议？他的答案是五个字：你开心就好。

这是一句很棒的废话。如果我不关心一个人，我拿他没有办法，我不想去他的世界里，我就会跟他讲，你开心就好。

生命的目的就是为了开心，尤其在青春期，这种愿望会非常地强烈。可是究竟什么叫作开心呢？

年轻的时候，我喜欢武侠小说，有一次看《神雕侠侣》，里面有一句话：杨过说，我若不能跟你在一起，一生一世也不会快活。我一直记得这句话。那什么是快活？

快活就是活得痛快，活得心情舒畅。那么离开了其他人，一个人能够单独快活吗？

我们去看孟子，他曾经问齐宣王：独乐乐，与人乐乐，孰乐？就是我一个人快乐和很多人一起快乐，到底哪个更快乐？齐宣王回答：不若与人。连齐宣王这个大笨蛋都知道，和别人在一起比自己一个人封闭起来要快乐。

的确是这样。开心离不开别的人。你把一个人、一件事儿、一个目标，看得比自己还要重要，这就是价值所在。一旦没有了这个目标、没有了这个人、没有了这件事儿，生命就变得轻飘飘的，他能有多开心呢?

杨过跟小龙女的开心是非常让人感动的。他们两个人的爱情不被理解，因为在名分上他们是师徒。在那个时代，封建礼教特别讲究名分，只要师徒相爱，那就是混账。所以连郭靖这么伟大的一个大侠，也把手放在杨过的头顶上说，你再坚持我就一掌打死你。

但是面对这样的威胁，杨过根本不理。他不管礼法，他不管别人的讨厌或者喜欢，他心中只有一个淳朴的念头：我喜欢她，她喜欢我，这有什么错?

年轻的时候我看到这一段，感动得热泪盈眶，它给了我非常大的启示，它甚至给了我青春年代的一个指向：你一定要找到自己的所爱，包括你热爱的事、你深爱的人。

随着年龄慢慢增长，你会知道工作将会占据你生命的大部分，所以你一定要相信，你要为自己所热爱的事情拼尽全力，这样才能够发自内心地得到满足。

如果你还没有找到那件最爱的事儿、那个最爱的人，那就继续找，千万不要放松下来，不要放弃。因为放弃实在太容易了，它会扼杀你的梦想，它会扼杀你的希望，它会让人在一瞬间苍老。

比如早晨你心情不好，你说不想起床。可不可以不去上班？可不可以不去见人？请问谁想起床？但是科比已经在凌晨四点的时候，看到了洛杉矶的样子。

所以，我要感谢武侠小说，是它教会了我青春一定是要奋斗的。因为你没有办法把现在一点一滴的努力跟未来联系起来，你只有站在遥远的未来，回过头来看，才能清晰地看到过去你所做的那一切究竟带来了什么。你一定要对自己有信心，因为你的选择和别人不一样，这样才会让你更加与众不同。

我要讲的一个词是勇气。我曾经多年做媒体工作，有一年在北京采访“蚁族”。什么叫作“蚁族”？就是那些北漂、上漂或者是广漂的年轻人，他们从家乡出来，带着梦想来到大都市，可能租住在两三平方米的廉租屋里面。他们早出晚归，一个月赚的工资也许都不够自己的开销，但他们依然坚持留在大城市。

我们的导演拍摄了其中一个小伙子。他在北京的建筑工地上做小工，他青梅竹马的女朋友到北京来看他，他们两个手拉着手在北京街头逛街，因为没有钱，很多地方都不能去。然后他拉着这个女孩子到了北京一个正在建造的大楼的脚下，说你仰着头，你朝上看，在最高的地方有一块砖，我在那上面刻了你的名字，亲手把它放在上面。

我忽然觉得很浪漫，也很残酷，这就是青春。

二十一岁的时候，乔布斯已经成立了苹果公司；三十五岁，莫扎特已经完成了他所有横空出世的作品，他去世了。

在我们出生的时候，没有人告诉我们这个世界并不怎么讲道理，有的人的梦想是要上火星，但有的人的梦想只是获得一双心爱的运动鞋。

有一次我遇到一个 90 后的女孩子，她看着我们，突然非常气愤。她说，你们年轻的时候什么都没有，然后你们努力了几十年，有了车子，买上了名牌的包，喝着昂贵的酒。你们觉得这就叫作努力，这叫奋斗，这叫梦想成真。可是我呢？我生下来什么都有了，我不知道该怎么奋斗，我不知道什么叫作梦想，我从来没有体会过梦想成真的感受，这怪我吗？然后她就哭了起来。

噢，我忽然发现，这是一个我们感觉到什么也改变不了的时代，不管你是贫穷还是富有。我们为什么要挣扎呢？我们何必多此一举呢？有人会说，反正毫无用处。

就在那天，我看到了英国《卫报》拍摄的一条视频：一只被困在房间里的蝴蝶，它一次一次地去撞击玻璃窗。大家都认为那是无用功，可是最后一瞬间，玻璃窗户被撞碎，蝴蝶飞了出去，自由飞舞。那只是一个寓意，它在告诉我们，你必须下定决心，这就是青春的意义。

如果有一样东西是你想要得到的，不管那是什么，健康、财富，或者爱情，你都要对自己的人生完全负责。命运有的时候非常不公平，但你必须接受现在的自己，并且相信你能做得更好。

青春的眼睛是特别闪亮的，青春的力气也是大的，我们必须用尽全力和命运对峙，认真地工作、深爱，无论失败多少次，当它辜负你的时候，你就狠狠地给它一记耳光，这样才能出一口恶气，这就是痛快。

当然，我一直是这么做的，但也没有一路顺遂，直到今天，我依然是个普通人。但每一天，我和太阳一起走在街上，我会觉得自己是有勇气的，我会觉得生命中所有重要的篇章都还没有画上句号，一切还有机会，不管我在什么样的年纪，那种青春的感觉依然在我的身体里面，这样的感觉真是太好了。

我要讲的另一个词是老实。的确是这样，我一直是个很笨的人。之前有媒体来采访，常常问到一个有趣的问题：如果可以重返青春，你想回到多少岁?

天哪，如果真的可以重返青春，请允许我不要回去。我好不容易一把屎一把尿地把自己拉扯到现在这个样子，我身上的每一道线条、每一条皱纹、每一个记号，都是一刀一刀雕刻出来的结果。

我要感谢那个鼻青脸肿的青春，那么地愚蠢，犯了无数的错误，正是因为经历过那些岁月，才让我成为今天的自己。

在二十多岁的时候，我没什么雄心壮志，不知道自己能做什么，也不知道有什么是自己擅长的，但我非常努力地做事情，有任何事情到我眼前来，我都会尽力把它做好。

那时我需要钱，需要吃饭、交电话费、交房租，否则我就只好找一个可能没那么喜欢的男朋友，靠他来帮我，但那个时候我的梦想是和金城武谈恋爱啊。

我以为在年轻的时候我就很了解自己了，其实并不是。在年轻的时候我有过那么多乱七八糟的想法，比如当一个海豚训练员、去开潜水艇，或者当一个卖烤红薯的小贩，甚至成为琼瑶剧的女主角。

那个时候完全不知道自己想要什么样的人生，每一个念头都稍纵即逝，但因为一个悲剧的故事，我走上了现在的道路。

那是在我十九岁的时候，我的一个好朋友，他比我大六岁，非常年轻，非常帅。他打篮球，他是万人迷，忽然因为意外死掉了。

当年我们都那么穷，我们说好了一起去西藏，去放一场烟花，他一直想要买阿玛尼的西装，但是没有钱。我们在街头吃一碗面，他会说，如果你将来交了男朋友对你不够好，我帮你修理他。他走得猝不及防，我非常难过，那个时候我就有了一个想法，不管你有什么心愿，一定要老老实实地面对它，实现它。

后来我真的去了西藏，我在拉萨街头的广场上看到苍鹰飞过，看到康巴汉子在剔一块牦牛骨头，看到卖雪莲的男人，看到那些虔诚地转经、一路磕长头去朝圣的人。我也认识了一些人，他们年复一年地攒钱喝酒，想要去更远的地方，但实际上，从来没有离开过广场。

我忽然发现，一个人如果下定决心要实现愿望，总是有办法的。可是大多数人终其一生都没有尝试过梦想成真的滋味。为什么呢？人们假装没有钱，没有时间，没有愿望，没有不顾一切的决心，直到青春永不再来，一无所有。

那些没有被实现的愿望，只是因为你根本不相信它能实现。所以在真正年轻的时候，我对青春的看法是不同的，我要用青春换明天。换什么呢？我想要出名，想要很多很多爱，想要周游世界，然后有一群人都能认出我，并且我羞于承认。

但是现在我的想法不同了，折腾了这么多年，我终于可以大胆地承认，我只是个普通人，唯一的成功就是迄今为止我保持了十八岁时的腰围。我希望能够不再熬夜，如果一定要熬夜，我希望在两天内就能缓过来。这就是我真实的生活。

青春来过，但它一定会留下点什么，就像是火焰灼伤了宝石，青春在我的身上留下了痕迹，那我希望自己能够正直、有爱心，在某些方面有所擅长。

如果不是在荒郊野外迷了路，那就一定不要去跟随别人的脚步，不要去走那条最多人走的路，不要受别人的影响。

但如果摔了跤，非常狼狈，站不起来，有人向你伸出手，一定要抓住它。人还是要信任别人。

时间是真正的大神，它公正无私。我们可以不再青春，但一定不要失去青春感。青春感教会我的就是不要随便地给年轻人忠告，因为他们都很聪明。如果你不开心，请对自己更狠一点，有的时候只有你做了很多不开心的事，才能感受到什么是开心。

这个地球好得很，一切都在快速发展，经济发展很快，人类的智慧也发展得很快。据说人们可以活一百五十岁了，那么等到一百多年后，我们把青春当作影片来回放一下。

你要坐在第一排，看见自己出场，给自己鼓掌、吹口哨、尖叫，然后热泪盈眶地说：哇，这小子真了不起！那就是真正的青春感。

祝福大家。

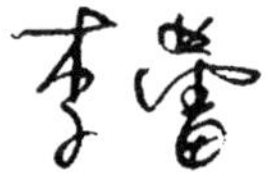

写给小周与那个年纪的自己的一封信

金国栋
青年编剧、作家

小周：

你好！给你写信，希望不是以年长几岁来说教，而是借你与过去的自己聊聊。我在你身上看见许多我自己年轻时候的那种品性，不知为何它们变得稀少了，唠叨几句，说不定能有所重拾。过去追求梦想的无畏也许能鼓励现在的诸多顾虑，过去饱满的爱恨也许能释怀现在的一些怯懦。

有一天你对我说，期许三年后自己想要达到的目标，你盘算着给家人、给亲朋好友购置哪些礼物。我很羡慕，我相信三年后你可以做到你期望的，我很希望当你得到一些生命馈赠的时候，你能分享这些馈赠，而不是要回报生活许多无聊的忧愁与算计。过去的我与现在的你都只身闯荡，少年侠气，可生活总是这样的，你得到了勋章，却也在你心里刻下了伤痕；你向往的自由来了，却发现远方的天地也大不过内心的牢笼。我比你年长却还不足以去探索内心自由的秘密，我希望你轻装上阵、披荆斩棘，找到一条更快乐的路。生活啊，我们经历的就是回报。

你也会忧愁未来会怎样。你是一个演员，很幸运刚入行就饰演了一部戏里的重要角色，更幸运的是行业突然面临一次调整，是大家说的寒冬，是的，我觉得这是幸运。冰河里孕育着希望与更为蓬勃茂盛的生命。换我自己来说，如果当时我出书写剧得到一些名气不是那么顺利，我会做得更好，所幸我得到的是微小的名声，感悟的是重大的警告。我觉得自己的品德与技艺都没有匹配上我获得的赞许与回报，所以我常失眠，也只能更为努力去靠近大家的期许。我也沮丧，写了那么多东西，如果沉淀一些，许会更好。所以小周，面对时下的忧愁，不必灰心，有时候慢慢到来的，才能安放好。你要的是一碗水，伸手可得；你要的是一片海，得先有愚公移山的豪迈与勤勉。

我很喜欢你的一点是，你对世间万物巨大的好奇与热情。我曾经也有这样的能量，直到后来我对很多事情渐渐失去兴趣。我们都读过海子的诗，从明天起关心粮食与蔬菜。忘记从几岁开始，我忽略了许多生命的美好，把自己的时间与精力都放在了其他地方，等到了某个年纪再来做作地关注生活里那些平常却又美好的事物，我觉得是得不偿失。所以我常顺延你的目光去看这个世界。说真的，我无法给你灌输太多人生的道理，你却不由得拓宽了我探寻生活的道路。谢谢你，小周，周周年年，我希望你继续勇敢、纯真、善良。有机会的时候你也与更年轻的伙伴聊聊天，生命就是这样，一次回望，也是一种眺望。

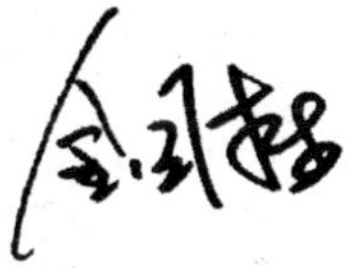

时光匆匆

留不住，

但愿陪伴多一点。

总是来不及回忆，

来不及感谢那个可爱的你。

假如青春重来一次
——给年轻朋友的一封信

鬼脚七
知名自媒体人、作家

朋友：

你好！

《朋友请听好》节目组邀请我给年轻朋友写封信，提提建议什么的。唉，年轻人哪需要别人提建议啊！

王尔德说：老年人相信一切，中年人怀疑一切，年轻人什么都懂。

但我还是提笔写了这封信，并非提建议，只是和你聊聊天，谈谈人生，谈谈理想，谈谈爱情，谈谈那些惋惜和忧伤。

我今年四十多岁。这是人生一个很重要的阶段，因为人到了这个年纪，该经历的基本都经历过。经历过热血的冲动，经历过感情的波折，经历过事业的起伏，经历过家庭的无奈，经历过儿女相伴带来的欢乐，经历过亲人离世带来的痛苦，经历过一个个破碎的梦，经历过一本本难念的经……此时再来聊年轻时的话题，或许对你会有些触动。

如果你问我，活了四十多年，对人生最大的感触是什么？我会毫不犹豫地回答：人生无法预期。

我小时候没想到我会读大学，读大学时没想到我会成为一名程序员，编程时没想到我会成为一名作家，小有名气后也没想到我会放弃世俗的事业，到深山专职修行……是啊，人生无法预期。那又如何呢？日子还是得过，该计划的还是要计划，该奋斗的还是要奋斗，在每个阶段都有自己要做的事。每个阶段做得有多成功，现在看来，已不再重要。上最好的大学，不一定对写程序有多大帮助；成为最牛的程序员，不会对写作有多大帮助；成为一名大作家，也不一定会有好的修行。如今留下来的，不是那些成功和失败，而是在每个阶段经历的酸甜苦辣，经历的痛苦和欢笑。正是这些经历，组成了我的人生。现在能够体会一句话：过程比结果更重要。

不知道你现在最想做的事是什么，我年轻时最想做的事就是赚钱。

我当时想赚很多很多的钱，买好大好大的别墅，开很贵很贵的车，我认为只有那样我才会过得幸福。所以我很努力也很拼命，可能我运气比较好，后来结果差强人意，但那时我过得并不幸福，不只是不幸福，烦恼和痛苦好像越来越多。看周围那些事业有成的朋友，跟我也差不多。为什么会这样？这个问题曾经困扰了我很久。后来终于明白：一个人太看重物质，骨子里就会很自卑。自卑的人，是无法快乐的。一个人想要获得真正的快乐，一定是超脱物质的。

此时才真正理解颜回有多厉害："一箪食，一瓢饮，在陋巷，人不堪其忧，回也不改其乐！"我如果年轻时就明白这个道理，应该不会把大把时间浪费在赚钱上。一个人快乐与否，和他拥有的物质多少无关。真是如此！那如何才能真的快乐？这是个好问题。我找到的答案是：所有的快乐，都来自希望别人快乐。

过去四十多年，有什么惋惜的吗？当然有。我总是觉得自己年轻时不够纯粹，不够勇敢。

假如青春重来一次，我会无所顾忌地谈一场轰轰烈烈的恋爱，哪怕最后以失败而告终，哪怕最后痛苦得无以复加；假如青春重来一次，我会让自己永远诚实，哪怕诚实会让我落魄潦倒，哪怕诚实会让我遍体鳞伤；假如青春重来一次，我会花更多时间写作，认真写每一篇文章，就像写人生的最后一篇文章；假如青春重来一次，我会阅读更多的书，认真阅读每一本书，就像是上刑场前阅读的最后一本书……

忽然想到，不用等到青春重来一次，我现在也可以活得更纯粹一些，更勇敢一些！真好！为何想要活得纯粹活得勇敢？这个问题不好回答。因为它的好处只有自己试过的人才能体会。

这封信快写完了，别把我讲的当回事，无论你现在如何，都不用紧张，更不用懊恼，因为你还年轻啊！其实，一个人无论如何选择，都会走完这一生。

我很喜欢《悟空传》中的一段话，也送给你吧：

这世界，我来过，奋斗过，深爱过，我不在乎结局！

愿你智慧增长！

鬼脚七

庚子年四月初十于青海果洛

写给2008年的自己

邓楚涵
剑桥大学工程系博士、青年作家

疫情让我从英国剑桥回到了贵州瓮安，回到了高考前我居住的小家，坐在备战高考的这张课桌上准备博士答辩。走了一圈又回来的感觉，很奇妙。

节目组和白马时光的何总邀请我给年轻人写封信，希望为他们加点人生路上所必需的勇气、安慰和力量。可我寻思着自己今年才二十八岁，严格意义上也还是个年轻人，在勇气、安慰和力量这些个东西上，向来是刚好够用，但从不宽裕，所以这封信就写给十二年前的自己，但请大家一起看看吧。

十六岁的楚涵：

你好！我是二十八岁的你，坐在你当年备战高考的课桌上，给你写这封信。人说，意气正盛的人是很难想起过去的，我不反对，所以如今能给你写信，足以说明我混得一般、十分平凡。

你大概很难想象，为什么过了十二年，我还在这里？因为十二年后全球来了一场疫情，我被迫从英国剑桥回到贵州瓮安，也就是我们的户籍所在地。我不仅坐回我们的课桌，还在边上安了一面落地镜，因为这样，我时不时抬头，仿佛就能在镜子里看到你。当年的你迫不及待想跑出去，如今的我好不容易才逃回来，一去一来，匆匆十二载，方知你我无非浪花一朵，折腾全靠天下太平。

你当年可不怎么用功，因为家人要你去考同济土木，你一看往年的招生线，只觉如探囊取物，所以总趁母亲不在身边时，悄悄打开手机里的金庸小说，恨不得这辈子去做个侠客，剑分黑白。你最看不起书生，觉得书生无用。但很遗憾，我现在就是个书生；更遗憾的是，我发现世界几乎没有黑白留给侠客分别，只有深灰和浅灰留给书生勉强斟酌。

如今的我还是喜欢喝酒，但酒量已远不如你。你年纪轻轻，五十三度的白酒就能来一斤半，和长辈喝你懂得毕恭毕敬，和平辈喝你通晓礼尚往来，总之你好像很早就有很不错的分寸感。至于你为什么这么能喝，我想是因为你太喜爱热闹；至于你为什么这么爱喝，或许是因为你过度依赖“关系”。十二年过去了，我酒量跌停，十九度的学院 Port 只需来上两杯，就头重脚轻了，然后就特想找一个窗台看落日，或是寻一处旷野数星星。我变得更愿意独处，也更相信“规则”。

你是一个已经熟悉了竞争的人，你也很早就知道如何利用竞争里的优越感和自卑感，但你好像从未真正懂得竞争和成功的区别，因为你坚信世界只可能是一群人厮杀的世界。这些年，我在小镇里读书，身边只有导师和师兄，他们只会教我科研、带我撑船和陪我喝酒，所以我没遇见一个敌人，相识相知都在助我朝正向走去。回头看看这段没有竞争的时光，好像也不是特别失败。

在好几个不经意的瞬间，我从书桌边的镜子里看到一个人，我不确定是你还是我。他额头上的那条抬头纹让我觉得，那应该是二十八岁的我，可松下眉头、散去皱纹，我又恍惚，镜子里应该是十六岁的你。岁月真是一把刀，把你的青春削去了不少，也把你身上那些你曾经以为最宝贵的“人生哲学”削去了大半。

这是一封写给你的信，最后总该正经地对你说点什么，我细细想了想，和你道个歉吧：楚涵，很抱歉，我和十二年前的你不一样了，或许是因为我终究没活成你期待的样子，又或许是因为十二年的岁月还是在我俩身上留下了丁点价值。

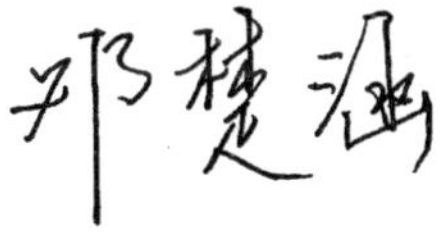

2020 年 5 月 9 日于贵州瓮安

当你觉得自己不行的时候，

你应该去走一下人行横道线，

这样你就变成了一个行人了。

很多时候，

你都不知道自己有多勇敢。

爱情就像天气，
它有晴，有雨，有风，有闪电，
还有雾水。

——三位真火

Chapter 2

人间告白——致情感

我的漂亮妈妈

柳岩

青年演员、歌手、主持人

2020 年上半年是一段特殊时期，我整个人的节奏也慢了下来。平时我大多在外面奔忙，很少有机会能够和妈妈一起共处这么长的时间，但疫情期间，我们在一起足足待了三个月，几乎二十四小时形影不离，却一次拌嘴都没有发生过。或许在这种特殊时刻，大家都更深切地感受到家人的意义，意识到亲情的可贵。别看我在外面工作很勤快的样子，其实回到家真帮不上妈妈什么忙。每次我回到家，所有的家务活儿，她绝对不让我插手。真不是我偷懒哦，可能天底下的父母都是这样，不管儿女长到多大年纪，获得多大的成功，在他们眼里都还是那个需要悉心照顾的小孩子。而这种忙碌和付出，也让她更有满足感。我也十分珍惜这段互相陪伴的时光。

最近工作开始慢慢恢复，主持等方面的活动也逐渐多了起来。为了不影响我的工作，妈妈前几天已经回了湖南老家，今年的母亲节看来是无法一起过了。不过我已经给妈妈精心准备好了礼物。提到母亲节，在我印象中最特别、记忆最深刻的母亲节礼物，应该是 2012 年我写给她的一篇小文章《漂亮妈妈》，文章里配上了她年轻时候的照片，自有一番风姿绰约的美。相信在每个孩子的眼中，自己的妈妈都是最美的吧。只是这篇文章，在三年之后，妈妈学会刷微博后才看到，当时她泪流满面，特别感动。

以前总听人们说“老小孩”，这两年我慢慢从妈妈身上明白了这三个字的含义。她以前是一位非常严厉的妈妈，总是保持着家长的姿态。但她现在更像一个“老小孩”，需要子女的呵护和陪伴。虽然到了一定的年纪，但妈妈对新鲜事物始终保持着好奇心，喜欢尝试。她经常找我做的一件事情就是拍完自拍后发给我，让我给她修图，还像是那个追求美的小姑娘。我们也有共同的爱好，那就是爬山，在登高望远的过程中，在一种放松和舒适的状态下，我们会聊聊天，分享近期的生活状况。这让我和她之间的关系越来越像“姐妹”，可以掏心掏肺说心里话。我们没有两代人之间的隔阂，更加亲密无间，无话不谈。

我和我妈妈之间的另一个连接点就是我的作品。可以说，她是我最大最忠实的粉丝，她会自己在网上搜索我节目的相关信息，然后在大家族群里通知各位亲戚："今天几点有我们家柳柳的节目，大家记得去看哦！"这让我非常欣慰和感动。我所做的一切努力，给妈妈带来了骄傲。

爸爸妈妈一直十分恩爱，他们有着令我羡慕的深厚感情。两年前爸爸过世，对我们来说都是不可承受之痛，每每提及，伤心不止。因此这两年我们会注意在妈妈面前避开关于爸爸的话题，把他的遗物都收了起来，妥善珍藏，也是担心妈妈看到会睹物思人，过于伤心。今年清明节前夕，我们陪着妈妈去给爸爸扫墓，看到她在墓碑前痛哭的样子，作为儿女，我们也跟着心痛不已。那次是爸爸过世后，我第一次看到妈妈哭。她一直是个很坚强的人，想来应该忍了很久，很辛苦吧。

父亲过世后，我开始思考自己的人生——究竟要不要继续这么拼命地工作？要不要好好考虑一下个人生活？我究竟有没有个人爱好？不能只是一个工作狂吧！所以这两年，我学会了游泳、潜水、滑雪，现在又开始学滑板，更学会了一个人去看电影。与大自然的亲密接触让我彻底打开心扉，开始重新审视自己的生活。

父母对我最大的期许是找一个如意郎君，后半辈子有人能够代替他们照顾我，这也是爸爸临终前最大的心愿。在这一点上，我一直愧对他们。

我会更加努力，好好找寻我的另一半，希望尽早把他带到我妈妈面前，让她放心。只是我觉得今年可能已经做不到了，在这里我要跟妈妈说声“对不起”，我也要跟自己说声“对不起”。

明年我加油好不好?

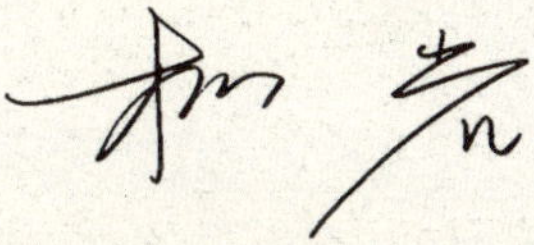

就到你的世界里做一个小孩。

街灯亮了，纷纷扰扰，
你在回家，我在等你。

写给儿子未来的一封信

金鱼酱
知名插画师、作家

亲爱的花生：

当你能读懂妈妈写给你的这封信时，我想也应该是可以带你去看爸爸的时候了。你现在已经长成一个阳光帅气的少年了，爸爸见到你一定会很开心、很欣慰的。你应该不会再相信爸爸去忽忽星球这样的话了，对吧？可这是在你两岁时妈妈能想到的最好的、为什么爸爸不能陪伴在你身边的理由了。

不知道在爸爸曾短暂陪伴你的时光里你能留下的记忆有多少，可无论多少，希望你都别责怪和忘了爸爸。他最喜欢把你举高高，因为你会笑得很开心，爸爸喜欢看你笑起来的模样。

我很想跟你聊关于爸爸的一切，可是在妈妈最难受、最煎熬的那些日子里，我没办法跟你提这些。我希望在你的印象里，妈妈永远是那个带你旅行、陪你看书、跟你疯闹、笑容满面的妈妈。偶尔几次哭被你看到，你还会奶声奶气地安慰我："妈妈别哭，我会带你找爸爸的。"那个两岁的你真的很懂事。现在终于可以跟你聊爸爸了，我想告诉你，你有一个很爱很爱你的好爸爸。

妈妈十六岁就认识了爸爸，能嫁给他、嫁给初恋，是妈妈这辈子最不后悔、最幸福的事情。如果这个年纪的你也遇到了一个好女孩，妈妈会告诉你，大胆地去享受青春，和这个女孩一起努力、一起学习、一起成长，会是你们彼此难忘的人生经历。所以你可以告诉妈妈你的小心事哟。爸爸在临走前的日子里跟我说：这辈子他最坚持的事就是一直爱着我，最努力做的事就是做你的爸爸，最遗憾的事就是没办法陪伴我们到永远。

我记得第一次见到你的小肉样是拍四维照时，爸爸很开心，他告诉我你很漂亮，有一个和我一模一样的翘嘴巴，他很喜欢。终于在 10 月 28 日这天，你选择来到我们身边了。到今天，我都记得九小时的顺产后见到你的那个场景：还没哭几声的你就努力想睁开眼睛，好奇地打量四周，看看我又看看灯。我抱着怀里的你，感谢上苍把你这个天使带到了我们身边。从那天以后，爸爸就开始努力学习关于你的一切了。无论是在医院里喂奶后的拍嗝，还是晒黄疸，还是之后月子中心的换尿不湿和洗澡，都是爸爸先学会的。有一天晚上，爸爸去洗澡了，我第一次给你换尿不湿，刚刚揭开尿布，你就对着我撒了一脸童子尿，天哪！我这才知道为什么每次爸爸掀开尿不湿时都会先挡一会儿了，他是换出经验了。爸爸每次把你抱在怀里时都要说一遍：“我的小花生好可爱。”你每次大哭，他都抱着你唱歌给你听。不知道是你喜欢听，还是爸爸唱得太难听吓到你了，反正爸爸一唱歌你就不哭了。

在你出生后的那一个月里，爸爸对你的爱和付出一点都不比妈妈少。我们为了能多陪陪你，没有送你去托管中心，我们想多学学怎么自己带孩子。以后回到家也要像我们计划的那样，不让上一辈人辛苦，我们自己亲力亲为地养育你。也是从那个时候，妈妈开始很喜欢拍你和爸爸一起睡觉的模样了，每天能见到我最爱的两个人躺在身边，这种幸福让我很满足。

花生你知道吗？以前我们三个人的家是一个很漂亮的房子。妈妈把家里布置得很温馨，有妈妈画的画，有我和爸爸一起种的花，两个人的家里多了一个小小的你，以后每天都是热热闹闹的。爸爸熟练地给你洗澡、按摩、擦身子，再把这些教给我，然后我和爸爸就开始了分工合作、一起养家、一起养你的小日子。平凡的人生如果能一直这样平凡地过下去该多好。

每个节日，我们都花着心思想给你留下快乐的记忆。这是你的第一个圣诞节，小人精的模样靠在爸爸身上一小会儿，就不喜欢再躺下来的感觉了。你在爸爸宽厚的肩膀上一天天长大，多幸运因为爸爸、妈妈是自己创业，所以能这样一直陪伴你。从小你的脸上就挂着灿烂的笑容，有多喜欢妈妈也有多爱爸爸。妈妈不想做饭的时候，我们就带着你到处逛商场。你像颗发光的小星星，走到哪里都能因为一头浓密的黑发吸引很多人的目光。大家都夸你长得漂亮，太像爸爸了。以前爸爸喜欢给妈妈拍照，有了你以后，妈妈喜欢给你们拍照，我把你们俩放在我心中最重要的位置。

我很感恩能遇到爸爸，尽管他在别人眼里不是那种特别优秀的男生，但是在妈妈眼里他爱家、爱我、爱你，他在用他的方式和行动爱着我们、保护着我们，所以他值得我对他这么好。如果你还能和爸爸相处得久一点，我想你跟爸爸一定会像好朋友，说不定你还能改变爸爸更多。

还记得你第一次见到雪，我和爸爸陪你在外公、外婆家楼下玩雪，爸爸牵着你一步一步往下走。以前我和爸爸去过哈尔滨，那个时候就说过，你三岁时我们要带你去滑雪玩。虽然现在爸爸不能再陪你去了，但是妈妈是不是遵守诺言了呢？如果没有，今年冬天你放寒假后我们就一起去吧。相信无论我们走到哪里，爸爸都会在天上看着我们、保护着我们。

我一直相信爸爸不会舍得离去，他告诉过我，无论我们走到哪里，他都会找到我们、保佑我们的。

你小时候我们给你办了一张极地海洋世界的年卡，没事的时候就会带你去看鲸鱼。我们去过很多次，你从害怕到慢慢喜欢，我和爸爸都能背得下来每个场馆的位置了。我们带你去动物园看动物，我和爸爸觉得虽然你还很小，可是你一定会喜欢这些，所以我们基本上每周都要带你出门去玩。你后来很喜欢动物，不知道是不是那个时候留下的印象太深刻了呢！和你在一起时，我们两个人都发自内心地感到幸福。我们也是第一次做爸妈，有很多不足，也在努力学习。谢谢你一直乖乖的，没让我们太狼狈不堪。

每次我们出门前，爸爸都会收拾好妈咪包，他会给你准备好尿不湿和换洗的衣服、口水巾，还有可能会用到的急用药品和温热的一壶水。爸爸很细心，这些都是他给你收拾好的，走到哪里他都背着他的妈咪包。花生小时候可一直是被爸爸狠狠捧在手心里的宝贝呢。爸爸其实也是一个大小孩，每次买回来的新玩具他都要先玩一遍，你就那么好奇地看着他。他最向往的是，将来和你的父子关系就是喝着小酒无话不说，还能一起游山玩水。爸爸说将来一定要和你像朋友一样，希望有一天可以跟你一起玩滑翔伞，一起去潜水，我也想一直这样给你们拍照记录着。直到今天，回忆起这些点滴，妈妈都是甜蜜地笑着的。

因为想画出温暖人心的画，所以妈妈一直很热爱生活。可是就在那年夏天，我们的人生都被改变了。

2017 年 8 月 18 日爸爸入院了，没有人告诉他已经是癌症晚期了。爸爸还笑嘻嘻地等着检查完，出院以后可以回来陪你。那天晚上我哭得撕心裂肺，把你吓到了，你也大哭了起来，直往我怀里钻。看到你哭，妈妈好心疼，紧紧抱着你，收起了眼泪给你喂奶，让你安静地睡下。第二天等我来到医院见了主治医生，医生平静地告诉我：大概就剩三个月的时间了……

这让妈妈怎么接受呢，我看着天想着家里的你，这么可爱的你将来的人生却不能再有爸爸了，想着一门之隔的爸爸什么都不知道，那么怕疼的他得遭多少罪。那个时候的我除了哭真的什么都不想做。可如今给你写信时回忆起那一天，我已经不哭了，因为比起之后要面对的种种，那一天的打击已经不算什么了。

亲爱的花生，希望你永怀感恩之心，在我们这个小家庭面对人生不幸时，我们的亲人、朋友，还有喜欢妈妈画的画的那些陌生人都给了我们很多帮助和爱。妈妈能一个人带你坚强地走下去，是他们给了我们帮助和爱，也请你不要抱怨上天带走了你的爸爸。

妈妈从没怨恨过上天，三个月的人生倒计时最后奇迹般地给了我们一年半的时间。在这些多出来的时间里，妈妈和爸爸尽了最大的努力，给你留下了更多的回忆，希望你快乐，也希望能让你记住你有这么一个爸爸。比起别人还有四五十年的相伴，我们的一年半时间真是少得可怜，可是妈妈已经无比珍惜了，也希望你能怀着对爸爸的思念和爱，继续这样坚强、勇敢、快乐地过好自己的人生。

在爸爸做完第一期化疗后，我做了第一个跟他说实话的人。在我的印象中，爸爸很少哭，因为他很坚强。他第一次哭是妈妈高中毕业去外地读大学，他来火车站送我；第二次是在我们的婚礼上，我给他唱完歌；第三次，就是他知道自己只有三个月时间了。爸爸哭得很伤心，那天晚上，我们俩聊了好久，最后爸爸说：想单独和我一起再旅行一次，回来以后我们就好好珍惜剩下的日子，全部用来陪伴你。

爸爸是个言语不多的人，他总说自己嘴巴笨，但是爸爸喜欢跟我说话。他心里什么都明白，只是不擅长表达。

爸爸临走前，在医院里见过一个临终关怀的心理医生，跟他聊了很久，后来爸爸告诉我，这是他第一次跟一个陌生人说自己的心事，说完以后他心里舒坦多了。爸爸走后，我去医院想找到那位医生，后来想想还是不找了，我都能猜得到爸爸说了什么，我再听一遍也无非是多一次难过和伤心。虽然遗憾和不舍是爸爸最大的难过，可是现在再也没有病痛折磨他了，我们也应该为他感到开心。

旅行回来第一件事就是给你过一岁生日，爸爸、妈妈还有所有你喜欢的亲人都陪在你身边。这个蛋糕是大姨亲手给你做的，第一次和你分开那么久，我们俩都很想你。可是那次的旅行，也是我和爸爸最后一次二人世界的旅行了。

带你去宝岛台湾是我们亲子游的第一站，以前妈妈和爸爸出去旅行都是提前半年订好机票和酒店，可是爸爸病了以后，我们每次出门前计算的都是爸爸每一期做完化疗的时间。

每次打完化疗针，爸爸的整个手都会僵硬，怕冰、怕冷，都不能碰。他不能再下水陪你游泳了，可是他说再痛也要抱你举高高，因为能看到你笑得很开心的模样。妈妈体会不到爸爸身体的疼痛，但他心里的苦我都能感同身受。坚强的爸爸从不会因为病痛悲伤沮丧，他就是这样一个乐天派的人。在台湾的日子，我们玩得很开心，可妈妈每次开心幸福时，心里就会揪心地痛。

爸爸是个很喜欢大海的人，我们度蜜月时就是沿着爱琴海旅行，以至于爸爸后来离开这个世界都是在海边的医院里。然后妈妈也带着你在爸爸离开的城市里住下来了，因为妈妈不敢回武汉，不敢面对曾经的家，不敢走那些很多很多年前就和爸爸一起走过的街头巷尾，可是没有爸爸的地方都是流浪啊。妈妈小时候很渴望能有一个属于自己的家，所以我很珍惜和爸爸在一起的生活，我也想给你一个温暖的家。

后来妈妈慢慢明白，家不仅仅是一个有屋顶的房子，也不是某一个人，家可以在我们的心中。只要我们永远葆有一颗挚爱的心，即使爱的人不在了，即使曾经的屋顶不在了，但是家还在我们心中。没有爸爸是你心里很痛、很遗憾的事情对不对？可是你回头看看妈妈陪你走过的路，是不是也是温暖和幸福的？家里有爸爸的照片，每天我们会跟爸爸道晚安。爸爸送给你的礼物也都陪伴着你长大，爸爸在我们心里，我们三个人依旧是一家人。

你一点也不缺爱，你现在应该是一个温暖又更加懂得去爱别人的孩子了，对不对？

当你还没长大的时候，我最害怕和担心的，就是你会不会被别人欺负。妈妈曾说过，如果有人欺负你，我一定去学校找老师，要那个学生的家长跟你道歉。妈妈不希望去学校看到你和同学鼻青脸肿的模样，爸爸也不希望看到这样的你。所以你很听话，不会因为没有爸爸跟别人打架。胖叔叔也是从小没有父亲了，可他能遇到像爸爸和超人叔叔这样的好朋友。我想你也一定遇到了像爸爸和超人叔叔这样温柔善良的好朋友了，对吗？

从台湾回来后，爸爸休息了很久，他太累了。没过多久又回医院去治疗了，一年半以来，爸爸一共做了十四期化疗。天知道我们是怎么坚持下来的。最后爸爸手上都没有可以打针的血管了，因为化疗太伤身体也太伤血管，手臂上的所有血管都坏了。爸爸还跟我开玩笑地说白白嫩嫩的包子手没有了哟。妈妈就没有爸爸一半的坚强了，我每次去医院看到护士给他扎针，就心疼得直哭。在你眼里最坚强、最凶的妈妈在爸爸身边就是个爱哭鬼。

我们带你去利川避暑，我已经不记得这是爸爸第几次化疗后了，但是看得出来爸爸已经越来越消瘦了。我们去见了妈妈大学里最好的朋友，在那里，你和文文、齐齐哥哥玩得很开心。在那个没有空调的夏季里，我们带着你在山里玩松果、捡树枝，去稻田里拍照。每天在哥哥们家里吃吃喝喝，你开心得不得了。妈妈记得去的时候你一岁七个月，穿着尿不湿还不会说话，回武汉以后能开口说话了，也把尿不湿戒掉了。

爸爸因为吃了靶向药，全身脱皮，头发都快掉光了，所以他总是戴着帽子，可是爸爸还是很帅气的。之后在港大医院里，我问过爸爸要不要给你录一些生日祝福，那个时候的爸爸已经瘦脱了，脸色也很憔悴。他说不要，他不想你看到他那个样子，爸爸希望你记得他健康的模样。妈妈十几岁认识爸爸时，他就是现在你这个样子，我看到你时也会觉得爸爸好像回来了。所以如果哪天你抱一抱妈妈，跟妈妈说一声：辛苦了！

我肯定会很开心的。

利川的太阳很大，你在小车里睡着了，爸爸怕把你晒到，所以在泥巴路里反着推车，妈妈拍照时眼睛都湿了。都说父爱如山，你的爸爸虽然病了，但他也是你的一座山，妈妈说过了，爸爸在用他的方式尽全力地爱着我们。

化疗和靶向药的副作用都在提醒着我们时间和生命的宝贵，可是我们依旧对生活充满希望，对未来也充满幻想，希望能有一剂神奇的癌症药救救爸爸年轻的生命。每次去医院爸爸基本是最年轻的病患，病友们看到我们又年轻又恩爱，还听说我们有个孩子，就会摇头感叹要我们加油。是啊！年轻的生命怎么会愿意向癌症低头？妈妈当时一直就是想着不奢望一辈子，如果能奇迹地有五年时间也好。起码能看着花生上小学，起码能让你记住爸爸，起码我们还能有五年，可惜与癌共存的美好愿景并没有降临到我们身上。

可我至今也无怨无悔，毕竟妈妈付出了全力去陪伴你和爸爸。

香港，是爸爸陪你的最后一次出远门旅行了。这次旅行我已经明显地感觉到爸爸的体力很差了。每天中午，妈妈都会让爸爸和你回酒店睡午觉，所以在香港我们慢悠悠地玩了七天时间，还遇到了超强台风“山竹”。你和爸爸又多了一次难忘的经历呢。这些难忘的记忆，在妈妈写给你看的今天，爸爸也肯定在天边回放了无数次。

在这期间，妈妈还带着爸爸去北京看过病。那一次一走就是十天，我夜里想你想得哭，爸爸拍着我的背，跟我说对不起。我哪里会责备他，我知道他也想你，他也不想有今天。如果他还能选择，他什么都可以放弃，只想有个好身体，只想和我们永远在一起。在武汉的日子里，只要爸爸状态好，他还是会开车带着我们出门玩，去看画展，约朋友一起去看动物，去植物园野餐，我们吃完晚饭后一起散步，再去体育场看别人踢球……

妈妈比以前更爱跟你们拍照，因为我知道每一张照片都是留给你的回忆。我不想让你忘记爸爸，所以我希望这些照片和视频能让你一直记住他。有时候我也想是不是妈妈太自私了，长大后的你会不会因为这些而变得伤感难过呢？我不知道自己有没有把你教育好，但是我想，比起让你有份优异的好成绩，我更希望你有高情商的内心，成为一个善良温暖的人。

那个夏天快结束时，我们去工作室里拍了一家三口的艺术照。

爸爸跟我们的最后一次旅行，现在想想这也是爸爸的短暂人生里最后一次属于自己的生日之旅了。这是一场说走就走的旅行，我们订了房间、清了行李，就开车去泡温泉了。第一次泡温泉，第一次走玻璃栈道，爸爸第一次去玩了滑翔伞。

看着飞向空中的爸爸，我为他感到开心。他努力地做了他想做的事情，他一直都向往自由无拘无束的生活。爸爸曾经跟我说：如果娶的人不是我，他不会去住那个房子，也不会自己带孩子。因为是我，所以他愿意把最好的都给我。妈妈高中时给爸爸传的小字条，爸爸都留着。他走后爷爷把家里爸爸的遗物给我时，一个小盒子里装满了我们俩在高中时一起拍的照片、传的字条、写的信……所以妈妈也把我们仨在一起的时光写下来、画出来，变成书送给爸爸、留给你。

如果很多年以后，妈妈也要离开你了，希望你替妈妈开心。千万别难过，因为妈妈盼了一辈子，终于能再见到爸爸了。你应该也有了你的家庭，你应该也是别人的老公和爸爸了。那个时候就是妈妈和爸爸一起在天边守护你了。我一想到终有一天还是会和爸爸再相遇的，心情就坦然了很多，所以这辈子的时间就用来好好陪伴你成长了。

爸爸的生日过后就是你的生日了，我们家花生两岁了。妈妈忙了一个通宵布置家里。爸爸在你生日当天正好要做化疗，他早早就去了医院。等到他回来，我看到他的脸都白了，应该是赶着回来陪你。

这也是爸爸陪你的最后一个生日了，往后的人生，妈妈害怕的日子不仅仅是父亲节，以后的人生都没有爸爸陪伴的生日，没有爸爸陪伴的结婚纪念日，也没有爸爸的新年，还有他的忌日……我都害怕，可是我都没让你看出来吧，因为妈妈答应过爸爸，即使他不在也会继续跟你好好过下去。所以每年你的生日，妈妈都送你一次旅行，每个父亲节妈妈都陪你过，每个新年也都有妈妈和一大家子亲人陪伴你，我们把对爸爸的思念和爱放在心底深处，妈妈从小就教育你遇到事情不要哭，只有想爸爸了才能哭。

爸爸给你讲过的书，妈妈都一直留在家里的书柜里。看到那些书时，我仿佛都能听到爸爸的声音。最后一张看书的照片是爸爸在深圳的出租屋里拍的，他已经难受到走不动路了，还在给你讲故事。他那么爱笑的一个人，最后被病痛折磨到很少笑了。一路以来都不哭的爸爸可能也感受到生命真的要走到尽头了，他每天都在跟我回忆、跟我交代，跟我说着说着就流下了眼泪。

我们第一次来深圳看病时，把你带在身边。爸爸那个时候还能勉强走路，所以他还带我们在深圳玩了香蜜公园和欢乐海岸这仅有的两个地方。之后的岁月里，妈妈也常常跟你去，不过我都没提爸爸也曾来过，因为妈妈话没到嘴边就会泪流满面，所以不愿意提起来。

这是爸爸在深圳最后能正常走路的日子了。再后来爸爸住进了医院，妈妈也开始了陪护的日子。之前经历的种种，妈妈都能坦然面对，唯独在港大医院度过的最后时光，妈妈释怀不了。

可能是我不愿意走出来吧，也可能是真的太痛了。妈妈实在忘不掉，没人能真正体会妈妈的难受，我不想听别人跟我说要我坚强之类的话。因为妈妈从爸爸走后那天开始，没有做过一件不坚强的事情。我知道你和外公、外婆是我余生都不能辜负的人，所以我不止一次告诉自己要坚强。

妈妈想告诉你，我不想成为你以后人生的一个负担，你要过自己的人生，不用一直把妈妈带在身边，也不用一直陪伴我。我喜欢画画，我一直想等你能赚钱养活自己的时候，妈妈就能卸下担子出去看看世界，一边走一边画画了，你需要我时，我就出现，别太牵挂我。

2019 年 3 月 2 日的清晨，爸爸突然说想给你买份礼物，我跑去医院的商店选了这个摩托车玩具。爸爸说他想见你，想亲自送给你，然后爸爸就没再说过话了。他的器官都衰竭了，他都没办法控制自己眨眨眼，就那么一直睁着大大的眼睛。外公、外婆把你带到医院时，我告诉爸爸花生来了。他马上把手伸进枕头下面，把这个车子拿出来就要递给你。他真的是很用力地做着这个动作，不自然的动作生硬到我止不住地哭。你用很大的声音喊爸爸，可是爸爸好像看不见你在哪里了，他用尽力气跟你说了句：“花生，要听话。”就没有再说一个字了……

妈妈拍下了我们一家三口的最后一张照片。爸爸流着泪走了……

2019 年 3 月 2 日 13 点 11 分（一生一世一次），在妈妈生日和我们结婚纪念日的前一天爸爸走了，直到人生尽头，爸爸都在爱着我们。

妈妈给你写了这么一封长长的信，只是想告诉你，你不要觉得自己是可怜的单亲家庭的孩子。你的爸爸、妈妈很相爱，也很爱你，你有一个好爸爸，他曾用全部生命去好好爱着你，无论爸爸在不在身边，你都不要觉得孤单，你还有妈妈陪伴着你。

这是 2019 年父亲节前一天，妈妈写给你的一封信，希望你见到爸爸时第一句话是：爸爸，我爱你，谢谢你！

永远爱你的妈妈

JINYU.

都是好时光

辛夷坞
80后青春文学领军人物

好像人到了一定的年纪，会变得更羞于展示自己的内心世界。一块上了包浆的器物，看似温润滑熟，可里头包裹的还是一样的东西啊，只是看不见了。

二十八岁那年，我养了五年的猫死了。我赶了一夜的稿，清晨关闭电脑走到客厅去看病中的它，伸出手像往常一样抚摸它毛茸茸的两耳之间，这才发现它的身体不知什么时候已变得僵硬且冰凉。

我一屁股坐在地板上，愣了好一会儿才哭出来。

晚上，远方的家人打来电话，听我声音沙哑，担心我熬夜着凉，反复叮咛我要注意身体，说着说着，又问起："对了，你那只肥猫怎么样了？"

我已经是个大人了，不好再像小孩一样哭哭啼啼，于是强忍着哽咽回答说："猫没了。"

电话那头沉默了片刻："早让你不要喂它吃那么多罐头……算了，没了就没了。以后也别养了。家里到处都是猫毛，听说猫身上还有弓形虫……"

我知道上一辈人有他们的一套逻辑和表达关切的方式，但也不想再提自己这一天的狼狈——我坐在冷硬如铁的猫身边哭一阵，发呆一阵。它在我生活最低谷时来到我身边，陪过我居无定所，陪过我晨昏颠倒，曾是我喜怒哀乐唯一的见证者。它在一墙之隔的我整夜不断的键盘声中默默死去，然而慌乱比悲痛更急切地占据了我的思绪，我要怎么处理一只猫的身后事？直到那天下午，我才在宠物医生的指点下找了块荒地把它给埋了。那是个 4 月的阴雨天。它和我在一起时也许过得不怎么样，死后却再也没经过风、遭过雨。我把昨晚穿了整夜的衣服盖在它和泥土之间，慌慌张张地赶在更大的一场雨到来前了结了这件事。

从近郊荒地回家的路上，出租车司机见我眼圈发红，丢了魂似的，好心问我是不是遇到了什么事。我用掩饰不住的哭腔说我刚埋葬了我家的猫。中年的司机大叔透过后视镜打量着我，失笑无语。那种似乎裹挟着阅历和理性的不以为然，成功地让我感到了难堪，仿佛我在用自己少不经事的无病呻吟透支着陌生人的善意。我低头去抠自己的手指，指甲缝里还残留着一点泥土的痕迹。过去的两千多天都在我身边的那个小躯体就埋在这样的土里，而我却在为这份悲伤而难堪。这究竟是为什么，当时的我并不明白。

那几天也有同事、朋友听闻我家爱宠离世，纷纷宽慰我。他们说，宠物嘛，生命远比人类短暂，难免有这一天的。它已经变成了小天使，在另一个世界好好的。给自己找点开心的事做，不要太难过了！

我说我没事啊。难过太久就矫情了，该交的稿一定会交，说好大家一起逛街吃饭怎么好不来。这个世界不会因为失去任何人而不同，何况是一只猫。再说它也不是什么小天使，不过是一只丑兮兮的田园狸花猫，原主人把它给我之前一度打算扔了它。

它不让撸，也不喜欢被人抱，偶尔溜出去会打败方圆几公里的狗，为了它我常常要向抱着被挠伤的狗上门来讨说法的邻居道歉。它经常逃家，又总是自己回来，唯一的爱好是蹲坐在窗台上，看着我出门，看着我回家，在我赶稿起身时扭头朝我“喵”一声。那时我总是很忙，自顾尚且不暇，只能供给它简单的一餐一饭和一个屋檐，它也不甚在意，总是很冷漠的样子，却会送我死掉的蟑螂。它病重时我买了它最喜欢的活虾，它迈着病歪歪的步伐叼了一只放在我腿上，吓了我一跳……

我没有再跟旁人说起，后来每年到了4月我都想去看看它。直到第四年，那块荒地被开发商用来盖了房子。我乘车从外围经过，看着那片围挡起来的施工场地，心里也只是怅然。大家说得对，时间还是有用的。

那时我又拥有了另一只猫。那个小家伙实在是个招人喜欢的宝贝。圆滚滚的脑袋，胖乎乎的身体，活泼乖巧又十分黏人，最喜欢在家人的腿上打呼噜。我码字的时候，它就整夜趴在我一抬手就能触碰到的地方，偶尔打打瞌睡，实在无聊了才会探出软乎乎的爪子蹭一下我的手或键盘，摸摸它的头它就会满足地亮出肚皮。

和上一只猫不一样，这个小家伙完美地融入了我的小家庭，我先生比我更喜爱它，事无巨细地包揽了铲屎喂食的工作，一有闲暇就把它抱在怀里。我的手机相册、社交平台满满都是它的身影。后来有了孩子，猫咪虽然有点嫉妒失落，但很快一猫一娃也能相处融洽。它在更恰当的时间来到了我身边，我们都有了更安稳的生活，享受着彼此的陪伴。

因为有过前车之鉴，我下意识地想要弥补上一只猫的遗憾。我尽可能地给了后来这只猫咪更多的陪伴和精心的照料，为了它的健康，顶着身边人"矫枉过正"的善意嘲笑，每年两次带着它到宠物医院做身体检查。

医生总说它除了偏胖什么问题都没有，它是那样活泼而健康，眼睛明亮，毛发油润。我以为它会陪着我的孩子一起长大，在我眼皮底下慢慢变成一只富态惫懒的老猫，没想到分离来得那样匆忙。

是的，我养过两只猫，也失去了两次。

它七岁那年，一场急病带走了它。我和家人在医院里不眠不休地守了它三十多个小时，却只能眼睁睁看着它一点点湮灭了生机。我问过医生，它年岁也不大，该做的检查一点也没少，为什么会忽然暴发这样的重症。医生也给不了我一个明确的答复，他只是对我说，动物和人一样，有时候我们只能尽人事听天命。

半夜的宠物医院，医生委婉地暗示我们要做好心理准备。我的家人也希望我能够回去休息，避开这一幕。而我那时满脑子都是另一具在我不远处无声无息冰冷的小小身体，这次无论如何我都要陪它这一程。

我以为自己已有足够的经历，不复当年的慌乱无措，然而最后那一刻，我看着原本奄奄一息的它在我面前哀号、痉挛、痛苦挣扎，我发现自己对悲痛的耐受力依然远远不够。当医生问是否要给它安乐死时，我连一秒也没有迟疑地就点头了。我愿让它走，让我们都结束这煎熬。人所有的痛苦其实都源自自身的无力感，我从未那么深刻地感受到这一点。

它在我先生的怀抱里逐渐平静下来，我软弱到不敢再多看它一眼。背对着他们，听到我先生轻声对它说：“谢谢你。你陪我们的这几年，我们都很快乐……”

这一次处理猫咪的身后事，我们从容了许多。等候火化的过程里，我和我先生并坐在车里，各自无言看着窗外。我扭头是因为我控制不住泪腺，他给我抽了张纸巾，我才看到他的眼睛通红。这是我头一回看到他在我面前掉眼泪。我回握他覆盖过来的手，彼此都没有宽慰对方，继续看着窗外明晃晃的阳光。

家里的猫粮和罐头分给了小区里的流浪猫。猫窝、猫玩具和食具我一直没有撤去，直到一年后我们搬家。很长一段时间里，我都没有与人谈论过关于猫咪的事情，一度有过的询问和试图安慰的语句，我都回避过去了。

一天，我那刚刚懂事的小儿子养的热带鱼死了。他伤心得“哇哇”大哭，搂着我问：“死掉的小鱼什么时候能回来？”

当得知死亡意味着永远不会再回来之后，他哭得更凶了，又一个劲地追问：“那我什么时候才能不难过？”

我竟回答不了这个问题。

人长大了就能变得坚强吗?

变得坚强了就能不再难过吗?

我们失去了一个好朋友，一个切切实实的陪伴者，一个宛如家人的存在。它并非人类，我不再是孩子，为什么就不能直白地表露悲伤?都说众生平等，悲伤和怀念也分高下?

或许只有接受这种难过，才能不再难过。

我有过两只猫，又送走了两只猫，快乐是真的快乐，悲伤也是真的悲伤，相信它们和我一样都感受过那份牵挂和信任。可能有一天时间让我不再难过了，可我会一直记得它们。我们一起度过的每一天，都是好时光。

爱

是他们统一的答案。

幸运遇见你，
陪伴我的
春夏秋冬。

什么是好的爱情

大柠
知名作家

亲爱的欣宝（女儿）：

前两天，你看着奶奶从贵州带回来的那盆芍药花，自言自语："芍药花又长大了一些，就和我一样，每天都在生长。"

春天万物生长，我的小女孩身体也在悄然发生变化。

4 月初的某一天，你对我说："妈妈，我最近胸部一按就痛。"

起初我还不以为意："是不是不小心撞哪里了？"后来我们一起洗澡，你再度和我提起此事，并告诉我身体发生的变化，我才后知后觉地告诉你："别担心，你开始发育了。"

你很担心，还去网上搜索九岁的女孩开始发育是否正常。

网上的专家说女孩八至十一岁开始发育，你才吃下一颗定心丸。

你问我：“妈妈，我开始发育，你有什么感受？”

我说：“感觉我的小女孩要变成小少女了。”

“你是惊喜、难过，还是担心？”你又问我。

“这些倒没有，生长发育是每个女孩都必须经历的。”其实，妈妈的内心是百味杂陈的，三言两语说不清。

就算我一早便知，父母子女一场，很可能在孩子长大后，渐行渐远。

你是个爱笑爱读书爱小动物的乖孩子，从小在爸爸妈妈的呵护下长大，在你的眼中，世界是美好的。

但最近网上的新闻，让我开始担忧，我想要告诉你，世界多数时候是美好的，人们多数时候是善良的。但，正如有阳光就有阴影，生活有美好也有暗礁，人性有优点也有弱点。

网上经常“一瓜未平一瓜又起”，这边曾和女友恩爱多年的男艺人被爆出恋爱期间无数次劈腿，和别的不止一个女孩有染；那边看起来不错的男艺人对女友进行家暴，还和女友签署“主仆协议”……

这些明星绯闻很多人乐意当“吃瓜群众”，却让我想起前阵子有个网红博主被所谓艺术家男友家暴以及有位名校女大学生因为不堪男友精神控制自杀离世的新闻。

我为每个在爱情中不被尊重、受到伤害的女孩感到难过，同时也有些担忧，担忧你将来会不会遇人不淑。

作为一个“恋爱成功人士”（如果和你爸爸恋爱十七年、结婚十年依然处于热恋中算恋爱成功，如果会谈恋爱也算一种成功），我想要和你分享我的爱情观。

你对我说过你喜欢的男生类型，以前说喜欢柯南那样聪明又帅气的男生。最近，你细化了你的标准：1. 面瘫脸。你个性活泼，你希望对方性子冷一些，可以和你互补。对标《仙王的日常生活》里的王令。2. 好好宠你。希望对方像爸爸宠爱妈妈那样宠爱你。3. 要有力气。可以对你“公主抱”。4. 如果吵架，他是求着和好如初的。平时爱你时很强，吵架时很弱。

但是，当你得知你在抖音刷到过的明星居然是个“渣男”时，你忽然跟我说：“妈妈，我决定长大不找男朋友了，我自己虚拟一个机器人男朋友，按照我想要的样子去设置。那样，女孩子如果有喜欢的‘爱豆’，就可以按照喜欢的‘爱豆’模样去虚拟自己的机器人男友。”

“可是，那样女孩子们逛街时，会不会碰到‘撞男友’的现象？毕竟喜欢同一个明星的女孩子很多。”

“对哦！不然逛街时会有好多个一样的明星。”刚才还兴致勃勃的你，猛然醒悟过来。

“而且和机器人谈恋爱，还不能生小孩。”我说。

“我才不要小孩。生小孩的缺点太多了，生孩子时会痛，孩子会哭闹，孩子贪玩不做作业，孩子会把家里弄乱，孩子占用大人的时间……”

我笑着听你一一数落小孩的“罪状”，其中不少是你的“罪行”。

“不过，生小孩也有优点，就是让人快乐。”你又说。

“千金难买我快乐。只这一点，生孩子就是值得的。”我说。

“那到底什么样的男孩才是适合做男朋友的呢？”你终于开始问现实点的问题。

这个问题并不容易回答。

我希望你在遇到那个对的人之前，先好好修炼自己，让自己身心健康成长的同时，有一个可以长期保持热情的爱好。

与其说我期盼你拥有什么样的爱情，不如说期盼你成为什么样的人。

世界是个能量场，相似的灵魂终究会靠近。通常你是什么样的人，就会吸引什么样的人。比如妈妈就是因为热爱文学这件事，认识了很多志同道合的朋友，包括你的爸爸。

你很喜欢画画，如果这件事你能坚持到生命尽头，你的人生已经成功了一半。

随着你日渐长大，你的生命中会遇见形形色色的人。可能过不久，你会收到男生向你表白的小字条。喜欢是一种天然的情感，被人喜欢不是一件坏事。但是，接受喜欢是另一回事。

我对你说过，希望你十八岁前不要谈恋爱。曾经，你的外公也是这么告诫我："你读大学前不许恋爱。"或许他们是对的，因为年轻时思想不够成熟，承担不起恋爱的后果。

和世间万物一样，有花开就有花落，不是所有恋爱都能结果。

我和你爸爸相遇的时候，我读大二，他读大四，我说他是"黄昏恋"，他说"最好的时光刚刚开始"。确实如此，只要你能遇见对的人，晚一点没关系。

就算我和你爸爸如此相爱，我们也有过争吵、闹分手的时候。但好在我们对彼此包容，支持对方喜欢的事，愿意和对方一起成长。

相恋是一件极容易的事，相处却没那么容易。

因此，就算你觉得遇见了你心仪的人，你和他也要多相处一段时间，多磨合一段时间，才能确定他是不是你的良人。

在和你爸爸结婚前，我和他恋爱了七年，终于确定：这个人是可以相伴终生的人。

人生没有后悔药，与其结婚以后后悔，不如在结婚之前，多花点时间了解彼此。毕竟这世上太多“因相爱在一起，因了解而分手”的例子。

那么，如何了解一个人呢？可以从他的性格、他的爱好、他的责任心、他的为人处世多方面了解。

拿你爸爸打比方吧，他性格温和，这样的男人几乎不发脾气，对人比较随和。

爱你的男生会对你特别温柔，相处时永远是让你感受到的快乐更多。

遇见妈妈前，他业余时间爱写作；遇见妈妈后，他的爱好是爱妈妈，帮助妈妈去实现妈妈的梦想。妈妈想尝试做电台主播读故事，他就学音频剪辑；妈妈爱旅行希望拍出好看的照片，他就学摄影；妈妈想做读书VLOG和读者分享好书，他就学拍视频做视频剪辑。

爱你的男生，会支持你想做的每一件事。在他的面前，你不用伪装，只需要做自己就好。

一个人有没有责任心，有没有担当，要看他愿不愿意为你付出时间和金钱，有没有把承诺给你的事都做到。异地恋时，除开房租和伙食费，爸爸为了每天和我通话、每个月见我一次，几乎把工资都花在通信事业和交通事业上。我怀孕时，爸爸对我说：“你带球跑很辛苦，孩子出生后，我会帮你带孩子。”他说到做到，你出生后，他无微不至地照顾你。

爱你的男生言出必行，不经常说“我爱你”，他对你做的点点滴滴却都在说着“我爱你”。

为人处世方面，他的情商很高，会考虑别人的感受，对妈妈以外的每个人都很有礼貌，但同时又和每个女性朋友都保持距离。

爱你的男生，会考虑你的感受，不仅爱你，也爱他的妈妈、他的孩子。

应该说，妈妈是幸运的，在二十岁的时候遇见爸爸，恰好他就是我的命中注定。这也是我在大学期间收获最大的一件事。

可你知道吗？当时也有很多人反对我们在一起。爸爸家在贵州，妈妈家在江苏，而外公和奶奶都希望爸爸妈妈找当地人。幸好爸爸妈妈坚持了，不然就没有你这个“小混血儿”（你开玩笑说过，你是江苏贵州的混血儿）了。

爸爸妈妈当时遇到的难题不仅是家乡的地理位置，还有物质难题。我和爸爸读大学时都是贫困生，都需要靠勤工俭学、写稿子、拿奖学金支付学费和生活费。可以说我和爸爸是真正的“门当户对”：物质上都很贫穷，精神上都很富有。

我要告诉你，精神上的门当户对才是真正的门当户对，三观一致的情感才能走得长久。

不过，外公外婆可不这么认为，他们希望我找个家境好的男生做男朋友，不希望我太辛苦。

什么叫辛苦呢？我并不觉得工作辛苦，我觉得和你爸爸异地恋的那两年才辛苦。只要我和你爸爸在一起，哪怕我们租着房子、吃着泡面，我们依然觉得生活是甜的。真正的富有，永远是精神上的富足。

妈妈以前的自我介绍里有这么一句："相信有爱可以创造一切，所以从来不轻言放弃。"

这句话像一个信念一样，支撑着妈妈度过了人生中许多艰难时刻。

时间是仁慈的，努力是有回报的，我和爸爸的爱有了许多意想不到的收获，比如妈妈为爸爸写的书《和你在一起才是全世界》居然成为畅销书，有很多读者喜爱。当然，我们最大的收获是有了你——我们的爱情结晶，我们的生命也有了爱的延续。

亲爱的欣宝，不知道我说了这么多，你有没有明白，什么样的男生才是值得交往的对象呢？

我想，更多的答案需要你修炼通透纯澈的心告诉自己，需要时间告诉自己。

你要记住，对你好的男生会尊重你，不会强迫你做任何你不喜欢的事，会支持你想做的每件事，会帮助你成长为更好的自己。

真正的好的爱情，如春日暖阳，会滋润你的心灵，让你变得更好。

如果一个男生让女生爱得卑微，失去自我，对女生进行情感控制，那一定不是好的交往对象。

也不要相信所谓的“男人不坏女人不爱”，一份健康的爱情需要一个心灵健康的男人。

可能等你再长大一些，你会喜欢看言情小说，多数言情小说是作者的虚构创作，有的作者自己都没谈过恋爱，写的是作者想象中的爱情。

现实和想象不太一样，找谈恋爱的对象，不一定要按照言情小说男主角的标准去找。

遇到爸爸之前，我曾在脑海中勾勒过未来恋人的模样：相貌要帅气，朝夕相对能养眼；个子不低于一米八，让人有安全感；眼神要能勾魂摄魄，不可以戴眼镜；世间有百媚千娇却独爱我一人……除了不要求对方有钱，其他基本是按照偶像剧和言情小说男主角的标准来找男朋友。

其实所有的标准只是因为对的那个人还没出现。如果你遇见了那个人，你的所有标准都会被推翻。

纵使他再普通，也是你眼中的独一无二。

爸爸虽然和我理想中恋人的模样有些差距，但他却能让我感到温暖、舒心、快乐。

好的恋人，会让你相处自然，感到温暖、舒心、快乐。

我虽然恋爱经验有限，但我知道，最好的爱情是一生一世一双人，这个观点从来没有变过。

希望你现在好好学习，认真长大，变成更好的自己；也希望未来的你，能遇到那个愿意一生一世只爱你的男生。

永远爱你的妈妈

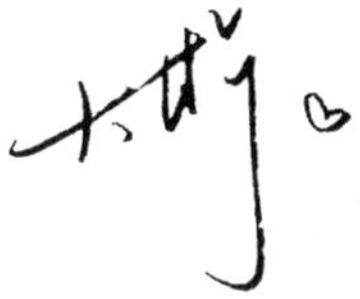

写给 2020 年那些与快递小哥共处的日子
——小哥，很想跟你喝一杯

瞿广慈
知名艺术家

2020，
是人类历史上特别的一年，
我们是亲历者。

小哥：

很想跟你喝一杯。

提起笔发现已经许多年除了“微信”没给人写过信了。在没有人给自己写日记，不再给情人写情书，孩子除了需要转账不必再学写信格式的时代，连给同事留张字条和一个苹果的美好都被“语音 + 表情包”取代了，用文字说明情感的日子变得有些像经典名著。

未来将不会再有人从老房子里发现父母爱情的“碎片”，似水年华的追忆就让我们去抖音看弹幕还有留言吧。

快递小哥，我们的哥们儿义气此刻显得弥足珍贵。

因为就剩你了，2020 的春天，我给你写过字条，写过文章，还写过“信”。

咱们太应该见个面，喝一杯了。

2020，太特别了。

因为他们，让我觉得没有跟这个世界决裂。

他们像是这个城市的生命线。

整个过去的几个月，我们虽然与外界的交互不存在了，但家庭内部的运转基本正常；走出家门一切都不一样了，但回到家里，其实我们的生活质量并没有太下降，是因为什么？很多人都在秀疫情期间，厨艺提高了，家务升级了，书读得更多了，是因为什么？大家都在说，是因为我们停下来了，时间变慢了。我觉得不是，是因为他们没有停下来，他们更快了。

我真的无法想象，没有京东的一小时到达，没有盒马鲜生的生鲜，那些与世隔绝的日子，我们的鱼怎么烧，羊肉串怎么在家电烤。

我因为在《瞿广慈，请接受一个天真的我》里面写了一段我在疫情期间跟快递小哥的一段感受，被很多人说文笔好。其实那里面没有文笔，只有不平常时期的一点平常，快递小哥，他们的存在已经融入日常，像看不见的电流，感觉不到的5G，拧开就会有的自来水和天然气，和我息息相关，形影不离。

我们小区门口，近处是各大快递公司拉开阵势摆的地摊儿，远处是附近最大的EMS基站。我甚至每天早起一醒来就惦记几点有我的快递，其实没有什么是急得不行要用的，我就是想下去放个风，像见个朋友一样跟那几个朝夕相处的小哥打个照面。那感觉有些像在美国、加拿大开车，开久了特别想看见加油站、麦当劳、汽车旅馆，我就是在那种情况下，爱上了本来这辈子都不会有好感的甜甜圈。

我的房间是一个正好能看见封闭大门的位置，早上起来第一个画面就是看见他们开工了，因为我没有开工。他们都特别年轻，特别可爱，个个都特别精神饱满。开始的时候我就是觉得他们辛苦、太不容易了，给全小区的人打电话，一遍一遍催下去拿快递。我见证了这个春节大雪、大风、大雨、空无一人的街道，没有一家店开门的寂静，我觉得他们都还是孩子，挺心疼。但后来我常常跟他们聊天，从可怜到觉得可爱，后来我觉得他们可敬。每个人都应该有一些多年以后提起来觉得自己特别牛，至少特别难忘的往事，男人就是这样，有些故事我们总是一遍遍讲，每次讲都像打了一次鸡血，完成了一次挥汗如雨，人生有时就是靠几个节点支撑的。

我每天吃饭喝酒看着窗外，门里门外每天只有快递小哥、外卖小哥、闪送小哥来来往往，喊着每家每户的门牌，叫着很多成功的、有名的、富有的、神通广大的人的名字，那段时间各家阿姨、保姆都返不了京，每叫一次，就有一些人武装得像太空人一样风风火火、行色匆匆地拿了东西转瞬即逝，没吃没喝没米下锅的人又得救了。

快递小哥是每天开启我正常社交的第一人，有时也是一整天里唯一的一人，没人说话的时候我就买东西取快递，每天早起第一个会面的通常是京东的快递小哥，我看一眼他当日是否打卡准时，然后跟我的猫说一句“我的朋友来了”。我经常给他们送一些吃的，送个水、面包什么的。公司三八节送了个袋子，装了一些东西，我拿给他，但京东的小哥说不能接受，公司管理很严，再说他也没有女朋友。我挺失落，感觉像不能拿群众一针一线，我的感激之情也无处释放。

那段时间，我什么都买什么都送，我一天要下楼取七八次、十来次快递。我不嫌烦，我觉得疫情结束我就不会再见到他们了，因为交过物业费的物业就会接管，我闲暇之时取回来就好，我再也不会看见快递小哥风里来雨里去地出现在我的窗口，我看到的只有我想要的东西。后来，我把他们每个人的名字都背了下来，我站在大门里面直接叫他们大名。“谷海涛”，他是京东的；“齐圣辉”，他是申通的，他的名字连起来就是齐天大圣神通广大；“刘延科”，他是韵达的；“郜正国”，他是圆通的。我希望你们能想象出我站在门里喊他们时的那种激动。2020年年初的很多日子我们每天见，我会非常地怀念，他们拿着快递大喊一声“宅广慈”——他们里面有一些人分不清“瞿和翟”。他们都知道我叫什么，所以我也应该知道他们叫什么，我相信他们天天送快递，有人能直接叫他们的名字，一定很开心。我最喜欢里面一个“翟和瞿”都不认识的小哥，因为他每次都对我特别亲切，站在十米远的地方，就大声喊我“广慈”！在那个完全没有酒局没有聚会的特别日子里，这一声真是太珍贵了！

我觉得这次疫情跟SARS最大的不同是，SARS时候北京马路上是真的空无一人，这一次，是空无一人的马路上总有很多穿着红色的、黄色的、橙色的、绿色的特别鲜艳的年轻人，他们开着卡通的小车，像一群身材迷你的超人，但飞行速度却很快。

我得承认我对 90 后 00 后的年轻人要刮目相看，看着那些年轻的快递小哥，我想起“稀奇”的员工，以前我总觉得他们不靠谱、基本功不扎实、不负责任，现在我渐渐明白，是属于他们的时代还没到来。这次疫情，我觉得他们都长大了，有担当。

虽然每天风里来雨里去，但这就是属于他们青春万岁的时代。

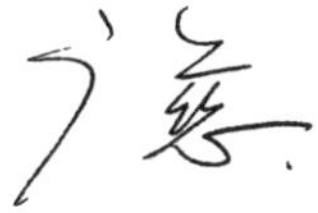

2020 年 5 月 1 日

北京解禁第一天于天津

但愿我又成为一个小女孩

祝羽捷
青年作家

离家之前，有个男同学约我一起爬千佛山，那时候体力好，登顶不过三十分钟，面不改色心不跳。我从书包里拿出一沓信，有的纸张白花花，有的还留有香气，有的印着《泰坦尼克号》里的经典镜头。我做了一件至今难忘的事，放了一把火，当着他的面把信全烧了。顷刻之间，乌云罩顶，星星之火，把我的脸颊映衬得无比好看。那里面有一半是外校男生写给我的情书呢，一开头都是“祝小姐，展信佳”式样的假模假样。可我那个时候哪里像个“小姐”，就是个一脸不高兴的半吊子高中毕业生，但是大家都一样，渴望成熟，渴望像大人一样对话。

在男同学面前烧信绝非为了炫耀，也不是为了虚荣心，虽然对他还尚存好感，但其实是我一直想找个机会毁掉它们。你看，我那个时候就知道保护隐私的重要性，主要是我妈有偷看人日记的坏毛病，杯弓蛇影，我一想到上了大学，她可能拿着放大镜查出写信人的手纹，找到人家去就不好了，毕竟我们都是清清白白的男女同学。付之一炬，免除后患。

总有人觉得我特别忙，其实我特别闲。唯一可以解释的就是我是个“城市的乡村女孩”，这是我一朋友给我的定位；我另外一个 title（头衔）更如雷贯耳——“青浦李子柒”，也是个不怀好意的人起的。我身在上海的乡下，每天属于自己的时间有二十三小时二十九分钟，剩下的三十一分钟是属于我家猫的，用于撸它，恰到好处，再长时间就会撸秃它。如此一来，想做什么都绰绰有余。在我身上很好地验证了时时刻刻活在慢中的人，才是效率最高的。话又说回来，像我们这种失业在家的人，就是没有资格挑剔，饿汉子没有饱汉子嚣张，逮着什么做什么，都倍儿高兴。

就说我最近录播客吧，零成本，只要动动嘴皮子，看我起的这名字“落选沙龙”，你我都知道法国的沙龙画展，我这都“落选”了，可见也没啥进入主流视野的愿望。我喜欢做的这些事都挺复古的，播客其实就是广播，我以前在学校就干这个，既当编辑又当播音员。虽然我声线条件一般，但还是强迫着同学们在午饭的时候听我说有的没的，真怀念当时自己这一点点微不足道的特权啊。现在做的事，翻译书、播客、写作，要做好还得特别较劲儿，得觉得痛苦才能有进步，得爬坡。有时候我觉得挺好，不用被裹挟着走；有时候我又觉得挺悲哀，这样下去，我会不会被时代淘汰了啊?

我就像达利那座摇摆着指针的装置，忽左忽右，企图在理想和流量之间找到平衡，可就是无法停在精准的刻度上。原来我也是迷茫的大多数中的一员，只是我要做的绝对是自己感兴趣的，这唯一的金线我要留住。谁还没有点脾气，我的脾气就在这儿，就像艾米莉·勃朗特在《呼啸山庄》里写的：“但愿我又成为一个小女孩，粗野、倔强、无拘无束。”写信这会儿，我体会到了这句话。

生命中最好的礼物都是免费的，比如手写的一封信，比如传入耳朵的一首曲子，比如嗅到的百花香。希望我们都做顺应自我意愿的事，不拧巴自己，不讨好谁。

人间告白

金鱼酱

知名插画师、作家

亲爱的小忽：

前几日有个采访问我，你走后我做得最勇敢的一件事情是什么，我回答道：是这一次带着花生回到了曾经我们一起住过的家。

我收拾房间时，打开了你的抽屉，看到了你没吃完的那些靶向药，还有那些我们去外地看病时坐过的车票和几根你的头发……我的心，顿时跳得好快、好难受，我一直忍到晚上洗澡时，才跟着水声一起掩面痛哭。

然后第二天又继续生活，家里的一切都如往昔一样美好，都是我们曾经的甜蜜回忆，只是少了你，留下遍地感伤。

可当我再回想起一年前的今天时，我突然意识到，我做得最勇敢的一件事，并不是回到这个家，而是在回来前那段最难的日子里，我写了本书并画了张画。如果我只是在书里写下你的死亡，我想这样的一本书不仅仅是你不愿意看到的，也是读者不愿意接受的。

所以在这本书里，我勇敢地写下了我们俩的故事，回忆点滴时我难过得边哭边打字。直到夜深人静时，我好像慢慢地走进了回忆里的过去，写到和你的初次相遇、写到你教我游泳、写到你表扬我吃饭的模样、写到我们婚后的甜蜜生活……眼泪便慢慢地收了起来，嘴角也开始慢慢地上扬，我想这一定就是爱的力量。

死亡真的很可怕，它能分离我们紧紧相拥的肉体，我至今都忘不掉你的手在我手心逐渐冰冷的那个感觉。那张告别的图是我写完了全部书稿后，留在最后去画的一张。从起稿开始，那天的场景就一遍一遍又一遍地在脑海中重放，我甚至让记忆无止境地放大，让自己记起了那天的每个细节、每个瞬间。笔在纸上游走，画面呈现出来时，我哭了，你的离去带走了我的色彩，可我唯独记得你眼角的泪、床头柜上的向日葵和窗外的阳光。

死亡真的很可怕，可它却永远也夺不走一个人能拥有的爱的力量。

最终那本书里没有放进那幅画，我想文字的力量和表现已经足够了，画那幅画的过程已经带我走过最艰难的时刻了，我也不愿它一直停留在书里。

死神并没有赢得这场战役的胜利，因为勇敢的人无论在哪里，都会继续在阳光里活得灿烂而耀眼，可它却只能永远地躲在阴暗里不见天日，除了能在回忆里把我们惹哭之外，它永远都别想侵占我们的灵魂。所以亲爱的小忽，即使你去了遥远的国度，也要像我在你身边一样，继续温暖和勇敢地活着，要相信终有一天我们会再相遇的。

生活里的每一天都会在黑暗里结束，然后在光明中迎来崭新的另一天。你用生命给了我一堂爱和死亡的教育课，我也想把这些温暖和勇气带给更多的人。如果我能治愈自己，我想我身上也总有一分力量是能治愈更多人的。

因为疫情的影响导致武汉封城了，那天下了场大雪，我拍了一段书房外的雪景。我想起了你，我好想去给你的墓碑擦擦雪。今天的一年祭原本我会带着向日葵和爸妈一起去看你的，现在这个愿望没法实现了，我很难过，所以提笔给你写了这封信，烧去给远方的你，希望你别觉得孤单，我们都很想你，你真的一直在我们心里。

前几日我把你的衣物，还有你病了以后我的一些衣物都收捡起来了。我不怕面对过去，也不怕回忆往事，只是我想更好地前行。我觉得有些东西是可以放下和翻篇儿的，所以我会整理好它们，而不是让一切杂乱无章，你的衣物我一件也没扔，趁着阳光好，我把它们都洗净晒干了。

放进阁楼的柜子里时，我站在衣柜前静静地看着它们，你的每一件衣服我都能清晰地记得你穿上它时的模样，以及穿着它们时发生过的故事、走过的地方，我想这些回忆我会永远记得，但是将来的人生已经不用它们时时出现提醒了，希望它们就这样在阁楼的柜子里安静地睡着。

我们曾多么勇敢地和死神搏斗，如今我也会多么勇敢地与未来同行。

亲爱的小忽，一年前的今天你离去了，仿佛也带走了我的一段人生，新的一天到来之际我不仅仅是又年长了一岁，对于我而言，也是新的一段人生的开启。

曾经有个医生对我说：你妈妈真会挑日子生你，3 月 3 日是个好日子，很吉利的数字，是三三不尽也是三生三世。所以谢谢我的妈妈在 1988 年的 3 月 3 日生下了我，给了我第一次生命，也谢谢你，亲爱的小忽，在 2019 年的 3 月 3 日给我开启第二次生命的人生。

你要在天上开心地笑着看着我和花生，如果天国能给你们这些天使每个人一份超能力，我希望你能多多保护花生，让我们可以天上人间一起抚养他长大。纵然我努力地做了很多，可我心中依旧最心疼他，但愿我的爱令他能一直感到幸福和温暖。

漫漫人生路，大概还有五十个这样的日子我要在想念中度过吧，我想我一定能好好地走到终点，到那时我应该是个白发苍苍的老太太，坐在夕阳西下的海边，等着我的白衣少年坐到身旁对我说一句：好久不见。

然后我又重回少女时代的模样了，然后我们又可以开始下一段人生了。

爱你的小锦

JINYU.

来日并不方长。

没有过不去的冬天，

没有不会来的春日。

只要踏实睡着，
睁眼就不怕天塌下来。

——**三位真火**

Chapter 3

真正的英雄主义

——致人生

写给东坡先生的一封信

郦波
知名作家、文化节目主讲人、教授

东坡先生：

您好！

人生如逆旅，我亦是行人！

身在旅途，半夜时分，忽然醒来，脑海中全是“藻荇交横，盖竹柏影也”，好想起身去承天寺，可是张怀民与千年前的承天寺俱不可得，遂于料峭春夜披衣而坐，给我无比倾慕的东坡先生写这样一封信。

遥想乌台诗案，大牢深坐，神宗派小太监来打探你底细，却见你睡得踏实、笑得坦然，无怪乎林语堂先生称“东坡先生乃真正的乐天派”。随后被贬黄州，艰难是自然的，你也曾有“拣尽寒枝不肯栖，寂寞沙洲冷”的落寞。但心向阳光的人，不会允许自己长久沉沦。你在黄州城东的荒坡上耕种，完成了从苏轼到苏东坡的人生蜕变，此后，既有“大江东去浪淘尽”的豪纵，也有“多情应笑我，早生华发”的豁达，亦有“回首向来萧瑟处，也无风雨也无晴”的淡定，更有“此心安处是吾乡”的超脱。

我翻史阅籍，发现东坡先生竟然是“呵呵体”的发明人，与友朋书信来往，结尾处必附以“呵呵”两字，当真可爱之至。笑，是你的性情，更是迎向生活的勇气。于是就有了再贬惠州，艰苦更甚黄州，然则，生活予我以磋磨，我报以大笑无拘。你的生活观比你的词作更令人钦佩——等待的时候，别忘了好吃好睡好心态。

你给黄州留下的，不止《念奴娇》，不止前后《赤壁赋》，不止《定风波》，更有“东坡肉”以飨古今食客。你居然还在惠州整理出与美食有关的诗文书稿《菜羹赋》《食猪肉诗》《豆粥》《鲸鱼行》《酒颂》《老饕赋》，并以“老饕”自嘲，宣称“盖聚物之夭美，以养吾之老饕”。

后来在儋州穷荒之地，还是依然不改吃货本色，吃生蚝、饮东坡玉糁羹，自己住的几间茅草房更以水果命名为“桄榔庵”，会客的小竹屋则名为“载酒堂”……

你这一生，唯信仰与美食不可辜负，真真活出了我等知识分子最向往的境界——人生失意也尽欢！

因为阳光，所以热爱，爱情更是如此。

在密州的时候，你写下的《江城子・乙卯正月二十日夜记梦》被后世誉为“千古悼亡之首”。这一首怀念亡妻王弗之作，后人每每读来，无人不觉心恸。你与王弗是少年夫妻，竹马青葱。然而恩爱夫妻难到头，王弗未满三十而丧。王弗死后，你千里迢迢带灵柩回眉州老家，在母亲墓边安葬，并种下三万棵雪松，以祭奠爱妻王弗。

或许，抚平一段爱情留下的伤痛，是重遇另一段的刻骨铭心。对您而言，发妻王弗是爱，续妻王闰之是暖，最后的人生知己王朝云则是希望。“是爱，是暖，是希望”，故而唯有你东坡先生才是“人间的四月天”！

情深未必限男女，挚友更显真豪情。世人皆有赤子之心，却受红尘污染束缚，天下唯一东坡，纯粹永如孩童。于是也唯一苏东坡，可以交友遍天下，上至达官贵人，下至士农工商，三教九流，皆可进入东坡先生的朋友圈。

相传当时杭州洪灾，流民疾病丛生，你的好友巢谷手上有一秘方。据说这个方子巢谷连自己儿子都不传，你便软磨硬泡，非要他把方子给你。巢谷让你在江边指江发誓，绝不再传他人。你先是发誓，转而拿到了圣散子就告诉那些制药的人，把方子散给大家去赈灾，救一方百姓。你是一代儒生，为人却不迂腐，宁肯背弃誓言，也要解救苍生。巢谷当然知道你的性格，终其一生都与你相交情厚，在你被贬岭南的时候，专门跋涉千里去岭南探望，却死在了途中。这该是一种怎样的惺惺相惜！

就这样，你从灵秀的眉州走来，一路走遍大宋江山，更走进了后世千万代仁人志士的心怀。

你我皆旅人，都要用整整一生来赴这场信仰的旅行，途中总有磋磨，人生何不尽兴？！不论生活如何以痛吻我，何不开怀，大笑似东坡！

东方欲晓，我与君行早！

且坎坷，且前行。

下一站，又要出发。

郦波 顿首

追梦人

江志强

著名电影制片人、海外发行人

年轻的孩子们：

我在你们这个年纪的时候，大概最不喜欢的就是做梦了。因为每睡完一觉醒来，都不外乎是上学或是上班，每天如是，一点都不值得期待。

后来，我发现了做白日梦的乐趣，既可以天马行空，也可以在白天完成，有种捡到便宜的感觉。

再后来，我开始看电影、买电影、在香港发行电影，也是在买片发行的过程中，我偶然看到了宫崎骏的电影《风之谷》和《天空之城》，惊为天人，像是睁着眼做了一场美梦。当时的我第一次发现，原来有梦可做、有能力将梦境变成现实是这么棒的事情。于是我把那些启发我做梦的电影都带到了香港，后来我也尝试拍了我的第一部电影、第二部电影……过程并没有那么容易，结果也并没有那么励志，但是追梦的未知很刺激很有趣。

直到 1982 年我在买片的时候遇到了一个英国制片人 David Puttnam，当时他在为他想要拍的电影剧本筹钱，一个人在异域东奔西走、不知疲惫地给不同的人讲故事。看完剧本后，出于对这个故事和他本人的敬佩，我买下了电影在东南亚的发行权，也因此跟他成了好朋友。隔年，这部电影《战火屠城》（*The Killing Fields*）在奥斯卡上满载而归，更在 David 的老家英国拿下了被电影界认为是“英国奥斯卡”的英国电影学院奖（BAFTA）的最佳影片。颁奖典礼当天我看着电视荧幕上的他，百感交集，暗暗鼓励自己要像他一样更加努力。

这之后的十几年，我也经历过无数像他一样的灰头土脸为自己的电影四处筹钱的时刻。2001 年，我代表《卧虎藏龙》去英国参加英国电影学院奖。David 已经是英国顶级的国宝级制片人，在现场一见面就激动地拥抱我，恭喜我终于实现了自己的梦想。当晚《卧虎藏龙》在 BAFTA 拿下了最佳外语片和最佳导演等奖项，但我永远不会忘记的是当晚我和 David 坐在台下的感受，两个同样曾经怀揣一个梦就大胆闯荡的年轻人，互相激励了对方的梦想，互相为对方鼓掌。

我很幸运，我很早就遇到了能让我追逐一生的梦。希望你也能早点遇到，但如果还没遇到也不要紧，多做几个梦吧。总有一天，你会从某个梦中醒来，然后发现你的人生突然从此变得无比清晰。

依然在追梦的

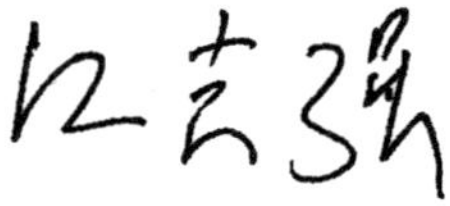

既然选择离开，

那就不再打扰。

e n e r g y

真正无畏失去，

才能全力以赴。

字太丑

吴有音
导演、作家、编剧

写《沙海无门》的时候，我为小说创作下生活，徒步穿越八百里流沙莫贺延碛。

为了减轻负重，我没有带笔记本电脑。

每天晚上在帐篷里拿出一个小本子、一支笔，记录下当天的种种感受和写作素材。

有一天晚上，我在头灯微弱的光里写着非常难看的字，然后我想起，原来很久以来，我都不肯使用纸和笔。怎么说呢？好像是还没和解的意思。

帐篷外是呼呼的风，纸上是我很丑的字。

在我小时候，还没有拼音输入法和Word，是不是能写出一手好字很重要。

从科举到现在，写作文的很重要的一项评分标准，是字迹是不是端正，卷面是否整洁。

对我来说，这和态度无关，这和“天生”有关。

我天生写不出一笔好字，我的字非常丑，每次抓起笔，都觉得手没法听大脑的指挥。这一笔太长或那一笔太短，总之如果认真写，就会写出歪歪扭扭的丑字来。

但如果我不那么用力在“认真写”上，而是字迹潦草地“鬼画符涂抹”，我觉得就会有心里的东西从笔下流出，流到纸面上。同时我需要不停地修正、擦除、划掉——每一次完稿的卷面是可想而知的。

那天晚上在莫贺延碛，我在帐篷里挂着一盏头灯，微弱的光晃动着，我抓着一支笔，坐在一片黑暗里听外面呼呼的风。那是我第一次想和纸笔和解。

我想起因为字太丑，我曾经严重怀疑自己能不能写作。因为字太丑，那时我都不好意思说我喜欢写作。

我想起因为字太丑，卷面太潦草，我自以为的好文章总和高分无缘。

那意思很像一个资深的老师看了看一个孩子粗短的手指，然后严肃地告诉他：你不适合弹琴。

但很多事，就是东边不亮西边亮。

字太丑的我后来遇到了拼音输入法，当我在键盘上写作时，我找到了和“鬼画符涂抹”一样的接近于“闭上眼弹奏”的感觉。

那天我在帐篷里用纸和笔写下了《沙海无门》的结尾大纲。

以前我总是随意丢弃各种本子和水笔，那天我写完小说结尾的大纲设想，就把纸笔放进背包，放得好好的。

有一天女儿在写作业，我去看了一眼。

“啊……你的字真好啊……”我赞叹。

“没什么。”小家伙说。

“我以前的字可丑了……”

“你现在的字也很丑。你只有签名的那三个字是还可以的。”

“那三个字我练过。”

“哈哈哈。”

“我说……你也会有你的‘字太丑’的，每个人都会有自己的‘字太丑’。”

“那怎么办？”

“找到你的拼音输入法。”

2020 年 5 月 2 日

致陌生人及我自己

田原
演员、歌手、导演、作家

致陌生人及我自己：

你好，也许你对我并不了解，也许你看了我的简历会对我的印象更模糊。

确实，我做了许多事情，十六岁开始加入乐队写歌唱歌，十九岁开始演戏，也曾经写书和主持，前几年一直在幕后做导演……我时常在采访中会被问道：“这么多事情，你到底最喜欢什么？如果只能选一项，你会选哪项？”

曾经，我从心底害怕这样的问题，害怕说都不放弃会被定义为贪婪，也害怕会被追问说如果精力太分散，任何一项都做不好怎么办。但我为何要害怕呢？说到底还是害怕被人审视，害怕他人对我的怀疑。我曾经写过一首歌，叫作 *Touch My Soul*，歌里有一句歌词：You don't have to be so good, and you don't have to be so bad, I won't be the one to judge you, so please don't be the one to judge me. 翻译过来的意思便是：你不必刻意太好或太坏，因为我并不会审视你，所以也请你不要审视我。

有了这几年幕后的经历后，我渐渐懂得，不活在他人对自己的审视中，才能认可自己。2019 年我逐渐回到了幕前，在此之前，我上了两个月的表演课，几位老师都在强调，要进入真正好的表演，必须先放下“审视”。审视他人，更是在审视自己，落入自己狭隘的规则定义。

小时候，我喜欢另类的音乐，也因此拒绝一切主流，沉浸在我很与众不同的怪圈里。这让我错过了许多好的音乐，甚至是 Beatles，现在回头看，如果我更早开始听 Beatles 这样好的主流音乐，也许我写歌的方式可以更加开阔。

“审视”会让我们习惯于生硬地分类，给也许自己都不理解的东西贴上标签，这对自己和对方都不公平。没有人愿意被生硬地定义，就像我害怕被问：“这么多事情，你到底最喜欢什么？如果只能选一项，你会选哪项？”因为我抗拒被贴上标签，例如跨界、斜杠、文艺，等等，我不想让这些词语简单粗暴地定义自己。

曾经，我并不敢直言我的抗拒，总是委婉地或者模糊地绕开这些问题，但现在我至少可以正面地回答：我不想被定义，所有创作都是自然发生的，也只能自然发生。

到现在，我并不算成功，无法分享任何制胜宝典，但我的经历告诉我，放下“审视”是让自己开心的第一步，我也相信，开心是最宝贵的。

JEAN
AURELIE
LECUYE
La Dame aux camé lias
WELCOME
The scarlrt

永不停下学习的脚步。

那些看似向着未来无限逝去的美好里，

藏着一份平凡又与众不同的热爱。

给你们

末那大叔
畅销书作家、2018 年十佳自媒体人

亲爱的年轻人：

提笔时，有很多话想说。

自写公众号以来，每天都会收到很多年轻人的留言。

有人把二十多岁的日子，称为“四分之一人生危机”：夹在单身和成家之间，远漂和回老家之间，稚嫩和成熟之间，有钱和没钱之间。

往事不可追，前途未卜，特别容易感到无助。

节目《朋友请听好》中，有年轻听众写信说：自己大学专业学的是葡萄牙语，但是工作后发现它好像没什么用。现在想去学别的技术，可是又不甘心放下四年的专业。

很多刚毕业的人都有这种困惑，专业不好找工作，或者说不喜欢；想完全抛开专业，从零开始，又不舍得。

如果要用一句话来总结这封信的内容，应该是：他不知道自己想要什么。

大部分年轻人的痛苦，不是害怕自己一事无成，而是不知道自己想做什么，不确定自己的真实想法。

很多大学生都容易陷入一个误区，认为上大学，就是用来找工作的。然而中华民族几千年的传统文化里，有“大学之道，在明明德，在亲民，在止于至善”一说。

光明的未来，不仅在于专业好、好就业，更在于知识与能力的积累，以及有没有勇气去追求自己想做的事业，付诸实践。

我反而想恭喜那些感到“迷茫”的年轻人——

你终于从持续学习的固定规划中抬头，开始思考人生了。

何炅在节目《朋友请听好》里说：“有些人问问题，不一定是非要个解答；他就是想听听你的看法，寻找更多的可能性，最后自己做决定。”

作为面试过上百人的企业管理者，比起专业水平，我更看重毕业生表现出来的潜质和思维方式。

技能有行业壁垒，隔行如隔山。但是独立思考和判断的能力以及个人对未来的规划和远见，则适用于所有前程，它会潜移默化地改变你的人生。

“坐而言，不如起而行”，思考能力比专业重要，即刻启程比观望重要。

所以我给当下迷茫年轻人的关键词就是——

启程，坚持。

你要铆足劲变好，成为自己想象中的样子。

你还有充足的时间和精力，去拯救自己前途未明的人生。

哪怕前路现在漆黑一片，走下去，终会灯火通明。

你要相信，没有到不了的明天。

三十七岁时终于弄明白的几件事

王欣
畅销书作家、知名自媒体人

二十五岁的时候，我喜欢谁就表白，根本不在乎被拒绝，时常迷茫也时常热血；如今我三十七岁，很难喜欢谁，就算真的喜欢也会克制自己，因为害怕打扰也怕被拒绝，情绪稳定，难被外界影响。

年少无知，每一分钟都在想可能；人近中年，每一分钟都在想对策。三十七岁这年，我终于明白了如下几件事——

对人

大部分人对别人并没有真正了解的欲望，最多只是想从别人的人生里找出点破绽。

真实人生之中，什么翻盘、逆袭……其实都是非常小概率的事件。所以真的也别想着要证明给谁看、要跟谁较劲，能切实地让自己的今天过得比昨天好一点、明天又过得比今天更好一点，才是人生第一正经事。

做事

务必做到财务健康——不是财务自由，那根本不切实际。财务健康是指，你有完全的能力独立维持生活，有应对各种风险的充分保障（诸如医疗保险、短暂失业储蓄），能合理地满足自己的物欲和爱好。能做到财务健康，自然懂得平和自喜。

做一些没有报酬但自己喜欢的工作，抽出整段时间陪伴家人，养一只猫或一只狗，发展一个嗜好……这些事情本质是相同的，都是为了让自己懂得：活在这世上，有牵挂真好。

永远想着下一件要做的事，发生过的无论是荣耀抑或是悲伤，都决不回头再看一眼——这便是积极度过人生的最大法则。

谈爱

有人爱，有事做。若不能两全其美，还是得有事做。

如果有一个人，可以和你聊天，会说好笑的笑话，对一切都很有主见但非常愿意听你的意见，以及笑起来很温暖，那，这就是最理想型的恋人。

你爱过的人，都会记得你。因为他们曾得到过你执迷的、纯粹的、巨大的、不问代价的、不计投入的爱慕。所以别自伤，被爱过的人一定会在某一刻感到疑惑和遗憾，而你在放下之后，可以头也不回地朝前走。

于此生，
只要睡得着，一切都会好。

偶尔要试试，彻底失联式的放松。不上网、不说话、不见人。找一套书、一套剧或者一套游戏让自己彻底沉溺进去，不用长，两天或三天。在那段失联的时间里，你会发现：日常生活里绝大部分的焦虑、疑惑、不快乐，都是由人际间的影响造成的。远离人群，在如今也包括远离互联网。你要快乐，你就要学会偶尔消失。

独立并没有优越感。独立只是最大限度降低了有求于人的可能——须知，最耗费精力的事便是求人。无论求许可、求认同、求照拂。因为无求于人，于是情绪稳定。当然，食得咸鱼抵得渴。选择一种，就得放弃一些。从我个人的经验来讲：对自己心狠一点，才可以在许多人和事上松绑。

你做了所有该做的事，你只是差点运气——这一句话足以解释我们人生中的所有欠缺。

不要反复回味心中的遗憾，只愿你紧紧抱住每一天之中最微不足道的快乐，在悲观世做乐观人。

没有任何一个问题是有
标准答案的，
每个人都可以提出自己
独到的见解。

不慌不躁，以诚待人。

你的努力是为了让你的选择更正确

何亚娟
出版人、作家

亲爱的读者：

你来信跟我说，你想学文，父母让你学理，你理科也不差，不知道该做出什么选择。

那我和你分享下关于选择的故事吧。

年少时，关乎我人生的很多次选择都是由父母做出的，我自己并没有选择的机会，或者说是我没有被赋予自己选择的权利。

中考填志愿时，父亲让我填了师范学校和重点高中，后来我的分数能上重点高中，他觉得我上高中考大学比较有出息。于是，我上了省重点高中。

高二文理分班时，明明我喜欢文科，父母却认为“学好数理化，走遍天下都不怕”，而让我选了理科。

直到高考失败，我的分数和本科无缘，父亲觉得望女成凤梦破灭，成天发脾气。

虽然现在在我看来，人生足够漫长，如同一部厚重的书，高考只是其中一页，不管考得好与坏，翻过去就是了。

但当年，对十八岁的我而言，高考的意义重大，是决定人生成败的分水岭。高考失利，在亲戚异样的眼神和父亲的责骂声中，我体会到深深的挫败感。

在选择复读还是直接上一所大专院校时，父亲选择了让我上大专，他担心我复读不一定能考好。这一点其实正如我意，我也惧怕重过一遍那种每天算着高考倒计时的黑暗日子。

为自己的人生做选择题，是从我离开父母身边开始的。

我是在扬州某大学读的大专，扬州城风景秀美，宛如清新淡雅的江南美女，激发了我很多的创作灵感。高中时写小说被父母认为是不务正业，现在进了大学，终于可以泡在图书馆读喜欢的书、听喜欢的音乐、写喜欢的文字。

跟单调又辛苦的高中生活相比，大学的生活丰富多彩又自由自在。

美好的大学生活中，我给自己的唯一压力是——我一定要考上本科。定这个目标，有两个原因：一是我希望能充分利用大学的时间来提高自己，以弥补高考失利的遗憾；二是当时的就业形势所需，用人单位倾向选择学历高的人才，我希望将来自己求职时不会因为学历而被拒之门外。

学历更高意味着在求职时有更多选择权和自主权，能够选择自己相对喜欢的工作。

就像龙应台在《亲爱的安德烈》这本书中对安德烈说的那样："我也要求你读书用功，不是因为我要你跟别人比成就，而是因为，我希望你将来会拥有选择的权利，选择有意义、有时间的工作，而不是被迫谋生。"

大二时，有了"专转本"的机会，但是高昂的学费却让我有些望而却步，毕竟家中经济条件有限。

我打电话跟父母商量要不要参加"专转本"考试，父亲说可以去试试看，考上后去不去上再说，如果我非要上，只能自己想办法付学费。母亲则坚决反对去考，说供我读大专已属不易，家里弟弟、妹妹上学也急需钱，我不能如此自私，为了自己的前途而不顾弟弟和妹妹。

归根到底，父母并不支持我去考试，理由是没钱支持我继续深造。

打电话的那个夜晚我失眠了，辗转反侧，左思右想，最终我决定去参加考试。

这是我第一次违背父母的意愿，也是我第一次为自己的人生做选择题。

我无法想象如果当初不去考试今天会怎样，我只知道，我从来没有为这个决定后悔过。

后来，我通过“专转本”的初试和复试，进入一所重点大学。学费问题是我自己解决的，通过助学贷款和给杂志写文章赚稿费，我顺利读完了大学。并且，在这所大学里，我收获了一份难能可贵的爱情。

也是从那次亲自为人生做选择题之后，我才真正学会了独立。从那之后，虽然父母还是会时不时给我意见，但我仅做参考，每次做选择的决定权还是在我自己。

大学毕业进入社会后，面临的选择就更多了——和他谈了这么久恋爱，该不该和他结婚过一辈子？房价下降了，该不该在这个时候买房子？工作做得不是很开心，该不该选择辞职？

对于职场中人而言，最常见的选择莫过于跳槽，这时，身边的人会给你不同的意见，你有时难免会失去主张。

就拿我上一次跳槽来说吧，那次选择比以往任何一次跳槽都要艰难。

我在那家公司创建了女性阅读品牌“蝴蝶季”，从 2008 年 1 月出版第一本带有“蝴蝶季”logo的图书起，到2012年12月的整整五年时间，出版了上百本图书，也培养了不少原创作者。我的五年青春时光在“蝴蝶季”绽放，我的爱好和梦想在这里生根、发芽，我对“蝴蝶季”有着难以割舍的深厚感情。

因此，当新公司屡次三番向我抛出橄榄枝的时候，我犹豫了。

一方面我想离开，我忍受不了公司拖欠作者稿费的行为，我希望把更多精力放在如何做好书上面，而不是为公司找理由拖欠作者稿费。我自己当作者时曾被出版社辜负过，而我进出版圈的初衷就是为作者谋福利，如今弄成这样的局面，我十分为难。作者们是出于信任才跟我合作，我不能辜负他们。

一方面我又想留下，除了我是品牌创始人对它有感情之外，还因为这份工作不需要坐班，压力不大，对于刚生完孩子的我而言再合适不过。新公司离家远，每天一来一回路上奔波的时间就是两个多小时，下班回到家将近八点，陪伴孩子的时间十分有限。

新公司给出的薪水也不是很有诱惑力，跟之前的待遇差不多。此时，身边的朋友、家人都劝我留下来，公司领导得知我有去意时，也表示来年给我加薪。只有作者们，作为被拖欠稿费的受害者，支持我离开，说如果我到新公司发展得好，他们也跟着沾光。

说实话，当时我真的左右为难，一时间难以抉择。

可权衡再三，我还是决定接受新公司的offer，但是我提出了一个要求，希望不打卡考勤，不要求每天都去公司，实施弹性工作制。

我提这个要求不是懒得去公司，而是希望如果新工作忙得分身乏术时，我能留有一点时间照顾家庭、陪伴孩子。再忙的工作狂也不能忽略孩子的成长，毕竟孩子的成长只有一次。

虽然在新公司我享受的是弹性工作制，但实际上我比从前更努力。因为我要让当时不赞同我离开的人，甚至对我的选择冷嘲热讽的人明白我的选择是对的。后来，事实证明如此，这几年的时间里我给自己交出了满意的答卷。

人生就是一张试卷，上面有很多选择题，怎么选择全凭你自己。纵使人生的选择题没有标准答案，选择的时候也要遵从自己的内心，日后少一点后悔，才算不负此生。

而且，你会发现——只要是遵从自己内心做出的选择，你一定会比任何时候都要努力，因为你想用行动去证明：你的选择是正确的。

在时间里

阿郎
《看电影》杂志主编

亲爱的电影：

2020年，是你诞生的第一百二十五年。我知道很多媒体早早就开始准备制作一些纪念专题，但我们谁都没有预料到，在诞生的第一百二十五年，电影遭遇到了前所未有的危机。在最近一个月的时间里，全世界的电影院关闭，所有正在拍摄的电影停拍。2020年，世界好像进入了没有电影的时间。

我知道，时间并不永远都是匀速直线运动，也可以是一场不动声色的变速跑。

一个人生命的前十年，是时间最慢的十年。那时候，我们和世界之间彼此不熟，每一天都处于探索和认知的惊奇里；那十年，生活被发现的兴奋和感受到的喜悦填满，生命的密度前所未有地厚重，也因为这份厚重，时间被拉伸得悠长。

一旦进入三十岁，时间也跟着进入跑步状态。虽然十年还是十年，但我们变成了自以为对这世界已经有了足够认知的我们。人生忙碌，其实也不过是在简单的认知通道里一再地重复。我们感叹时间过得这么快，其实是时间正在加速逃离我们。终于有一天，曾经如小鹿一般纯良的我们，用自己的自以为是稀释了人生的密度，成了那个正在被时间抛弃的人。

对于电影来说，进入 21 世纪，时间也跟着进入了加速跑。在 21 世纪的前二十年里，发生了比过去一百多年都要难以言说的变化。好像以 2000 年为界，电影的童年消逝，毫无征兆地跨入了焦躁、忧虑，但又不知道焦躁和忧虑从何而来的中年危机。

也只有真正地面对危机，才会发现，能恶狠狠地填补精神上空虚的，唯有物质上的踏实。于是，2000 年以来的这二十年，作为世界电影的驱动装置，好莱坞飞身扑入了资本的游戏里。相对于艺术上的不确定性，资本有着更为严苛的投入产出规则。他们相信一切都有迹可寻，问题在于那条有迹可寻的途径是不是在被反复测算过的安全阈值之内。他们很愿意谈论服务这一概念，但他们服务的最终目标，既不是他们说的观众，也不是电影本身，而是这一产业背后的所能置换出的金钱。

这一点都不可耻，钱是这个世界上最重要的真理之一，电影只是站在真理背后的真相。可耻的是，是不是为了钱，电影重置了真相。电影是关于真相的艺术，其次才是关乎真理的产业。

在过去浩瀚的一百多年里，电影都是因为悬挂在技术背后那点忧虑和痛苦、那点快乐和幸福而获得了更为绵长的生命。现在，仅仅用了二十年的时间，电影就被改写，所以，老一辈电影人马丁·斯科塞斯才感叹："我们所知道的电影，那种由个体感知的运动的图像，那种伴随我们成长的电影，以及我正在创作的电影，已经消失了。"

但我们都看见了正在消失的东西，却怎么也看不到正在生成的东西。时间翻涌，一定有什么东西被过滤掉了。

一部电影在上映之后的一段时间里，被赞美或者被贬损，都是一部电影必然的生命历程。一部电影在上映很久之后，依然还在被谈论或者被观看，那就意味着这部电影的另一重生命意义被唤醒了。

在这两种生命之间，需要一点点以时间作为主要材质的耐心。

电影的第二重生命是第一重生命的延续，这也是金钱在被时间锈蚀之后，所能焕发出的最珍贵的光芒。在21世纪的前二十年里，电影被一股看不见的力量撕裂为两种背道而驰的极端主义，要么匍匐在资本的脚下，做了金钱现实主义的仆役；要么完全否定了金钱的力量，去忙于搭建一个理想主义的空中楼阁。

从历史发展的角度，在未来的某一个时间点，电影必将跨过灾难，也必将像前几次危机过后那样，总结经验，找到更多的可能，电影也将迎来又一个崭新的时代。而那个时间点，也将在电影史里，成为一个新坐标，被后人反复歌咏。

而处于事件当中的我们，只想记录下这一切。我们知道黎明一定会到来，也知道黑暗不会自己过去。所有的灾难电影，在这场疫情面前，都像是色彩鲜艳但质地可疑的塑料制品。所有电影里的英雄，在这次疫情中挺身而出的小人物面前，都像被理想化的柔光无原则地篡改过。

不是人物出现了问题，而是电影人对人物的理解出现了问题，他们在试图绕过本质，而直接采摘本质上结出的果实。原因很简单，触达本质，需要的不仅仅是力气，还需要一颗敏感、丰富的内心，当世间万物如潮水般席卷而过时，真正的艺术家能够感知到万千潮水中，那些微弱的呼号的声音，那些巨大的掉落的声响。

对壮观的抒写，是每个人都在产生的生活的感悟，这就是尘世的幸福。在壮观中感受到那些个体的痛苦和伟大，才是艺术家的本能。他们因为描绘小，而记录了一个大时代。因为痛苦，而雕刻了真正的幸福。也只有这样，我们才会说，艺术，是这个世界的良心，电影才因此而不朽。

就像电影是由黑暗和光明共同作用的结果一样，这浩瀚的人世一直波涛起伏。我们所能做到的，也只是“记住该记住的，忘记该忘记的。改变能改变的，接受不能改变的”。

并，保持热爱。

阿郎

2020 年 4 月 28 日

人生不易，但很值得

小新
知名电台 DJ、青年作家

二十岁的你：

我是一个在直播间里待了十六年、陪着一茬又一茬二十岁的你的夜间电台 DJ。

昨晚直播前，我的实习生绒绒，一个还没有走出大学校园、长得很清爽的二十二岁的女孩子，沮丧又无助。

绒绒骑着电瓶车来台里的路上，电瓶没电了，她就用脚蹬啊蹬啊。

她一边用力蹬，一边不停地看手机生怕耽误了直播，迎着风擦眼泪。

“我怎么就那么艰难啊？”

“这样的日子到底还要过多久？”

“人间果然不值得！”

听完绒绒的话，我没有回答她，而是拍了拍她的肩膀，进了直播间。

说完开场白，我说要跟听友们征集一个问题：说说你曾经经历过的柔软。

有不同的听友给我留言：

他们是异地恋，见证了中国铁路事业的变革，最初要去售票处排队，之后是95105105电话订票，再之后的网络抢票和APP订票。某个晚上，她有点低落，他说：我拯救你吧。她回复了一句：相互拯救吧。第二天，风和日暖，两个人见了面。七天后，他们结了婚。一年后，他们有了一个儿子，叫“扑通”。

大前天上班，公交车堵了整整两小时，他和公交车上的保安大哥齐心协力，把一位腿脚不方便的坐轮椅的老大爷抱下了车。老大爷拍了拍他的手背，一直说“谢谢”。

前天早饭，她又去了那家早餐店，听着不同的人对老板说“老规矩”，老板就知道给对方递来一份煎饼果子，或者一块把子肉，额头上浸着汗的老板娘的眼睛里含着笑。

昨晚下了夜班，她回到小区楼下，一个妈妈在打电话，旁边的女儿吹着泡泡，路灯下，泡泡闪着五颜六色的光。

念完这几个听友的留言，我说：

我们都无法做到真正理解别人，正如同你也会觉得别人无法真正理解你一样，每个人都是一座孤岛。但人生中，有三件事情在二十岁的时候就要开始思考了：你要什么，你想怎样得到，以及你愿意为此承担怎样的代价。有了答案之后，你会发现，一切并没有你想象的那么糟。

导播间外的绒绒，一直在擦眼泪。

下了直播，还没有走出直播间，绒绒就冲过来，给了我一个大大的拥抱。

之前还铁青的一张脸，此刻青春又红润。

二十岁的你呀，跟我当年一样，一直在迷茫，往往很沮丧——你看着苍穹难登，你看着苦难眼圈泛红，你看着众生皆苦，你看着流离奔波。

可真实世界里真实的生活，永远都不是只有 A 面。

你终会和志同道合的朋友共事，和情投意合的朋友同居，和饭量旗鼓相当的朋友聚餐，和一直不那么完美的自己和解。

人生不易，但很值得。

不用去想
遥远的事，
只道今晚夜色温柔。

黑夜本拥有无尽的黑，
遇见你之后，所有的星星都亮了。

我也有孤单的小尾巴
像鱼游过大厦
眺望着灯火
在楼宇开花
你别害怕
我会陪你说话
一路走回家

说车站风好大
说喜欢那个他
说奶奶的手帕
藏着给你的糖
说深夜路灯下
你影子像小马
说远方好远啊
然而今天
也很勇敢哪

朋友
请听好
亲爱的你现在走在哪
我有些悄悄话
想穿过夜色抱你啊

说一个人长大
说一些爱变哑
这里整夜有光
如果你也会怕黑的话

朋友
请听好

亲爱的你现在睡了吗
这里有悄悄话
来陪你做个梦好吗

冬夜里我们就聊初夏
谁的一通电话
让大雨落下蝉声又喧哗

你还在吗
只想陪你说话，呢喃到沙哑

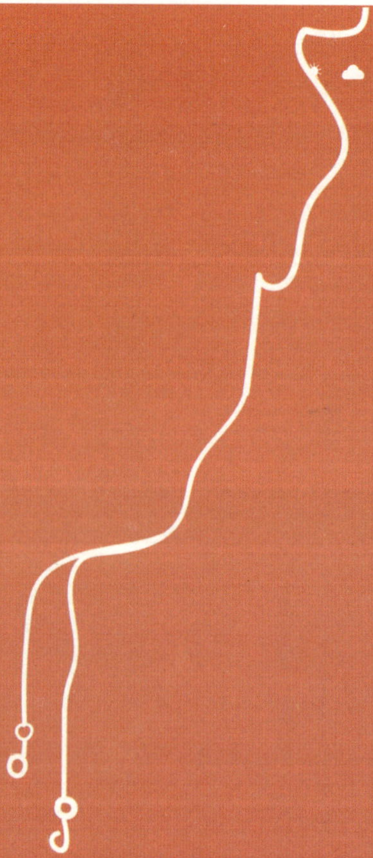

勇敢哭，用力哭，别逞强。

——三位真火

Chapter 4

朋友的话

——致最好的你

自由，便是有了选择。

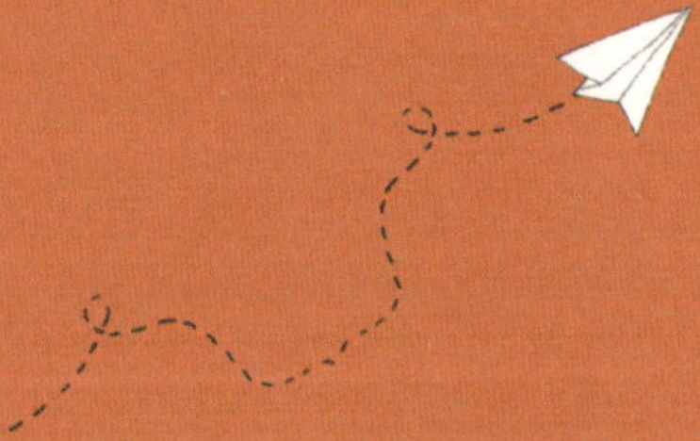

去，

对着镜子里的

自己，

笑一个。

无论世界有多不同，
都灿烂。

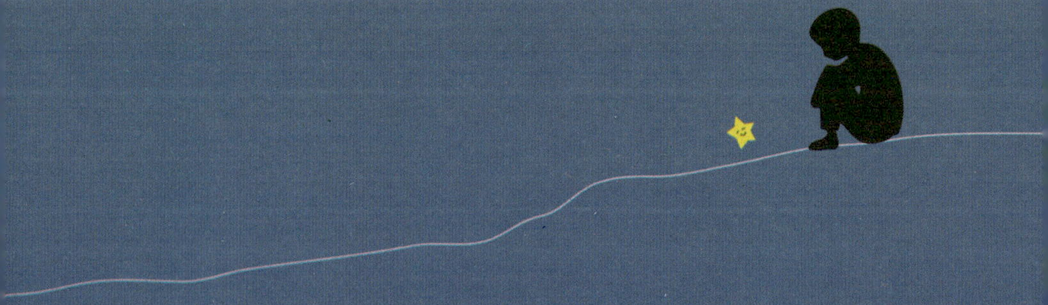

每个梦醒时分，
一切成真。

你喜欢就去说。

你要知道有很
多人很爱你。

请谨慎，而勇敢。

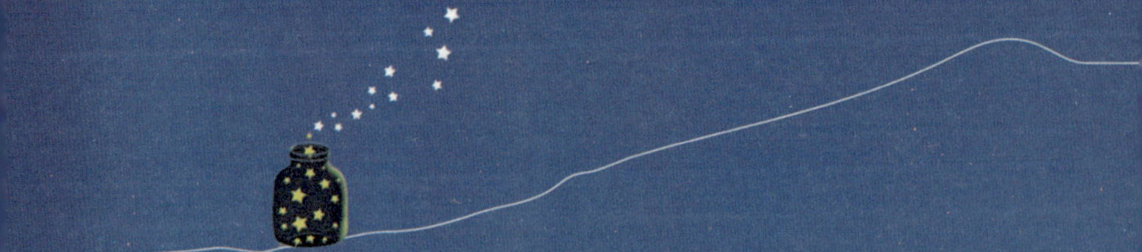

我乐意沉默，
释放内心焰火。

纯真不是无知，
而是相信。

跟自己约好，
明天就快乐起来。

没有过不去的冬天，
没有不会来的春日。

少年只属于远方，

往前吧，大闹一场。

”

希望你喜欢今天的自己。

不笑

是来之不易的权利。

他是一颗星，

但你才是自己的太阳。

每天都要元气满满，

做自己的小太阳呀！

想哭就要笑。

谢谢你

爱我，

让我们
成为
更好的自己。

及时当勉励，
岁月不待人。

就到你的世界里，
做一个小孩。

太阳不出来，
也是在那儿的。

吃一顿好吃的，
就开心了。

其实快乐很简单，
记得吃到美味时，
那种当下的感觉。

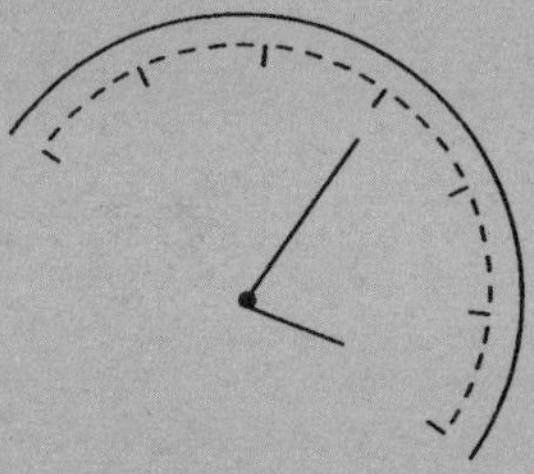

没什么明天不明天，
就是今天。

只要踏实睡着，
睁眼就不怕天塌下来。

没什么不可能。

有你就有春天的声音。

哪怕是在寒冷的冬天，

也不能阻挡春天的脚步。

”

不期而遇，

温暖至今。

所有美好的日子

都在悄悄靠近。

很多时候，

你都不知道

自己有多勇敢。

心在哪儿，
时间在哪儿，

行动在哪儿，

收获在哪儿。

路的尽头还是路，
只要你愿意走。

以为人生是奇妙的旅行，
其实，
人生是莫名其妙的旅行。

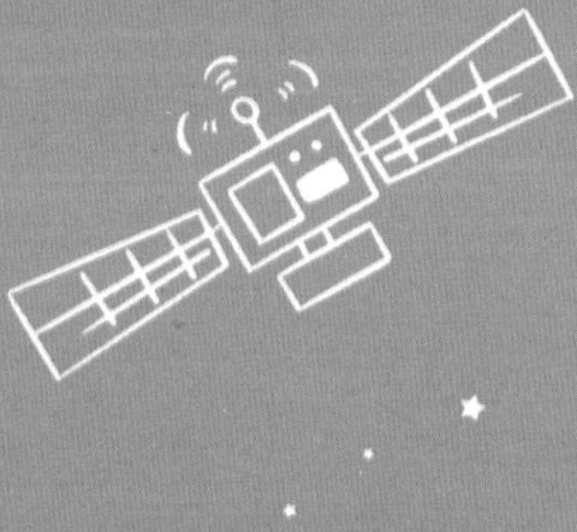

心中自有栖息地，
只要飞翔就有光。

那些看似向着未来
无限逝去的美好里，
藏着一份平凡又与
众不同的热爱。

给自己信心，
你远比想象的更优秀。

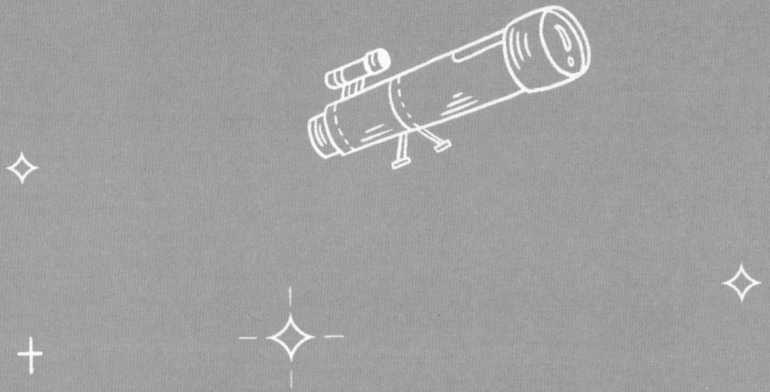

毫无保留地
支持逐梦的你。

所有的事情到最后，
只要你喜欢，
你都能够完成你的梦想。

永不停下学习的脚步。

时间不说话，静静回答。
努力不言弃、梦在发芽。

所谓成功，
不是要做什么，
而是在做什么。

”

就算鞋很脏，

也笑得像国王。

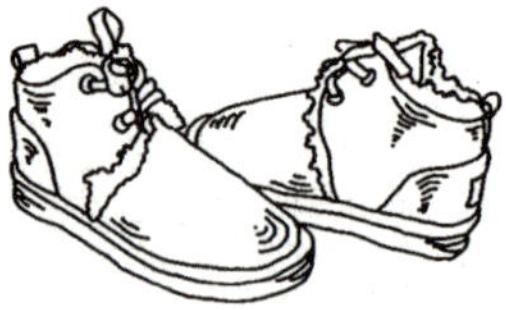

好运很重要，

但抓住它的时候，

不要忘了努力才是根本。

选择了前进，

就不要，

抱怨犹疑。

越想要求得答案，

就会留下越多的遗憾。

无瑕

不成玉。

让
我们学会
慢下来。

再等，
就要老了。

善良是有力量的。
给别人的成功找理由，
并不会显得你成功。

努力与自己和解，
学会放过自己。
加油！

为别人鼓掌的人，
也是在给自己的生命
加油！

人生只有那么长，
我们没有自怨自艾
的理由。

聚是一团火，
散是满天星。

大人也只是
长大了的孩子。

所有经历过的都不是可惜，
错过的都不是遗憾。

好事总会发生在下一个转弯。

没事儿，
就是最好的事儿。

”

从来没有努力

会白费。

越是对世界充满怀疑，

你才越坚信你相信的。

最为难的时候，

往往也是

转机不得不出现的时候。

只有用心灵才能看清事物的本质，

真正重要的东西，

眼睛是看不见的。

什么是幸福？

感到力量在增长，
一种阻力在被克服。

接纳变化，

处处惊喜。

告别是为了
更好的出发。

很幸运，遇见你，
陪伴我的春夏秋冬。

真正无畏失去，
才能全力以赴。

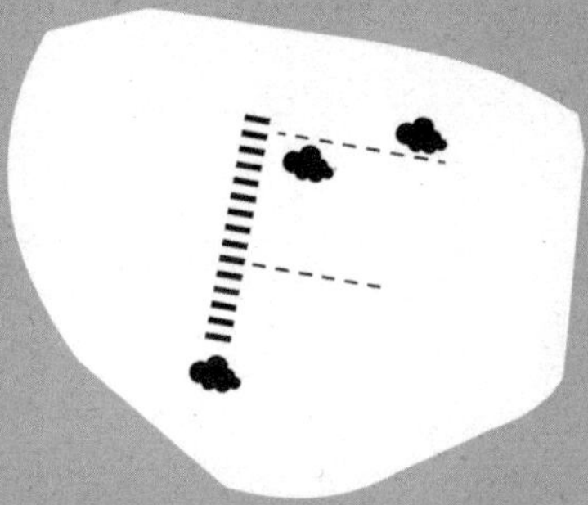

即便是决胜局，
也留给自己一个备选项。

转移阵地，
发现美好。

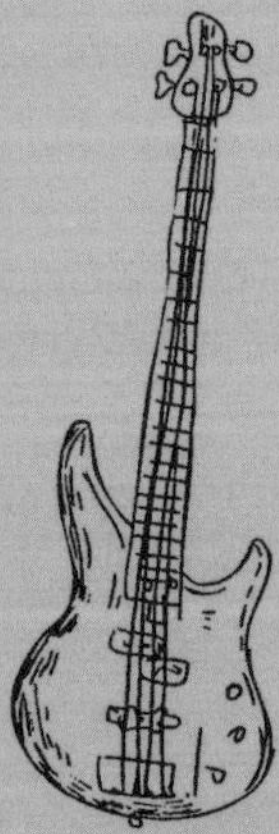

别，又寂寞，
又磨叽。

思前想后
不如勇敢去做。

试着把问题仔细说出来，
差不多就知道了如何
解决。

不要思考，
去感受。
没有委屈，
就没有成长。

有时候我们需要选择性记忆，
记住美好的，
忘记不好的。

“

拒绝不是最重要的决定，

最重要的是你想要的是什么。

过程不顺，

不代表结果不好。

你当然不是最幸运的那个，
但也不是最不幸的那个。

过去的，

让它过去吧。

赞美可以
脱口而出，

诋毁一定
三思后行。

有些事

不是有意义才去做，

而是做了才有意义。

既然选择离开，
那就不再打扰。

你心中
已经有了答案。

放过自己。

Nothing to lose.

(义无反顾。)

你我一样。

别什么事都闷在心里，
一定要说出来。
我们会认真听你说的
每一句。

接受自己，
别无他法。

平平淡淡才是真。

忘记失败，

但要记住

失败中的教训。

勇敢哭，

用力哭，

别逞强。

听一首好听的歌很治愈。

你可以成为更好的自己。

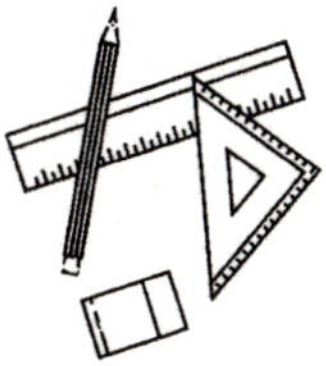

“

不要惧怕别人的眼光。

你都不知道自己有多坚强。

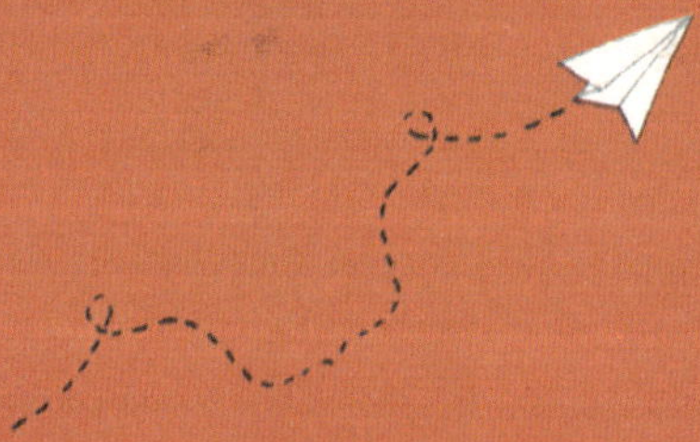

黑夜本拥有无尽的黑，
遇见你之后，
所有的星星

都亮了。

有些话你可以说给全世界听，

因为你找不到，

那个要听你
说这句话的人。

与其计较“第一次”的不完美，
不如将这份记忆珍藏。

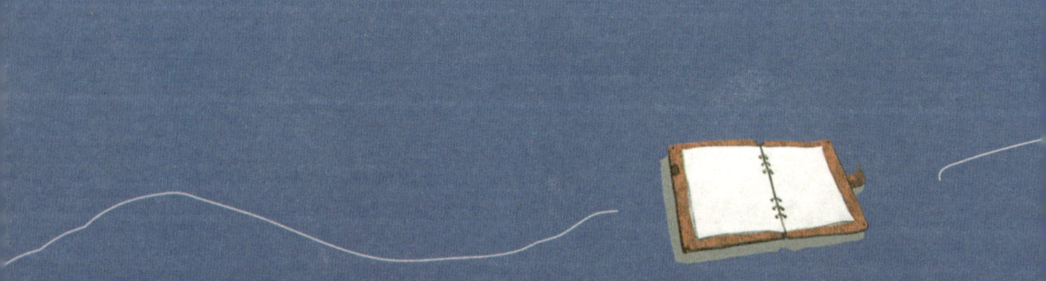

说远方好远啊，
然而今天也很勇敢哪。

有两种论调：

人生很短，你不要去尝试错的事情；但还有一句话是，人生很短，经不起来回的犹豫。

不慌不躁，
以诚待人。

放不下过去，
就永远无法往前走。

没有什么事

是撸猫解决不了的！

知足常乐。

不怕停，
就怕不动。

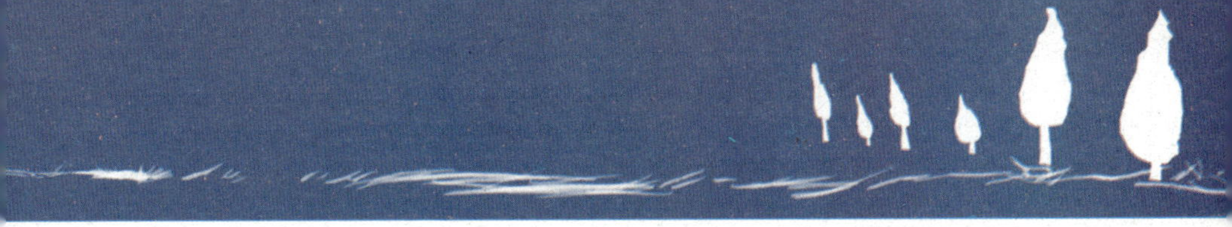

深呼吸，

你脑海里的第一个念头

就是答案。

所有的看似意外，
都有迹可寻。

”

从来没有一种坚持

会被辜负。

知命不惧，

日日自新。

不用去想遥远的事，

只道今晚夜色温柔。

”

没有任何一个问题是有标准答案的，
每个人都可以提出自己独到的见解。

我们彼此就是

都遇到了

对的彼此。

最好的朋友是体谅

我义无反顾

你却不愿我辛苦。

或许在你迷茫的时候，
不知所措。
此时想想背后还有一群
爱你的人。

你只管善良，
上天自有衡量。

优先考虑那些，
优先考虑你的人。

天使之所以会飞，
是因为她们把自己看得
很轻。

做一个勇敢的人。

一起热爱，就现在。

我们都知道
爱是永恒。

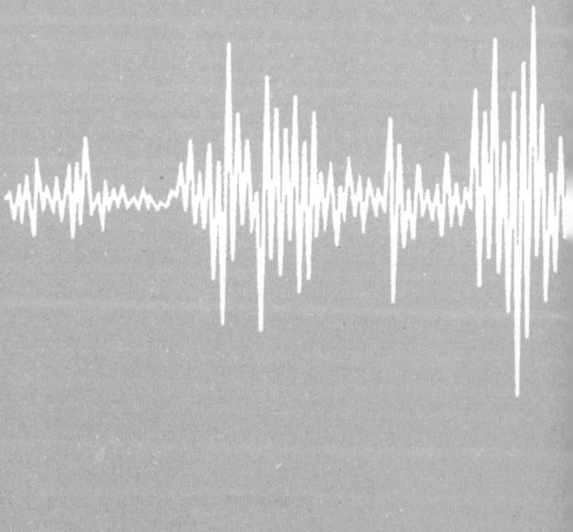

对自己，对世界，
温柔一点。

你对他的爱，
就是他最该自信的理由。

感受到孤独
是人类最后的幸福。

作者介绍

阿郎
《看电影》杂志主编、媒体人、影评人、作家。代表作：《并指如刀：阿郎看电影》《春天对樱桃树做的事》

白宇
青年演员。代表作：《沉默的真相》《银河补习班》《镇魂》《美人为馅》《微微一笑很倾城》

邓楚涵
英国剑桥大学工程系在读博士，现任中国科学技术协会"科普中国形象大使"。代表作：《未来，仍是少年》《没拼过的青春，不值一过》

大柠
畅销书作家。代表作："和你在一起才是全世界"三部曲、《往后余生都是你》

鬼脚七
真名文德，法号行空，知名自媒体人、作家。代表作：《没事别随便思考人生》《人生所有经过的路，都是必经之路》

何亚娟
出版人、作家。代表作：《在追求梦想的路上，我们都一样》

江志强
著名电影制片人、海外发行人。代表作：《卧虎藏龙》《捉妖记》

金国栋
青年编剧、作家。编剧代表作：《赖猫的狮子倒影》，长篇小说代表作：《你都不配我毒舌》

金鱼酱
知名插画师、作家。代表作：《人间告白》

柳岩

青年演员、歌手、主持人。代表作:《煎饼侠》《受益人》《大赢家》

郦波

中国古典文学与文化专业博士,国内首位文牍学研究方向博士后,《百家讲坛》栏目主讲人。代表作:《五百年来王阳明》《唐诗简史》等

李蕾

节目主持人、作家。代表作:《藏地情人》

末那大叔

作家。2018 最具影响力十大自媒体人。代表作:《我喜欢你,像风走了八千里》《我们最好的时光》

瞿广慈

知名艺术家。

田原

演员、歌手、导演、作家。音乐代表作:*A Wish-ful Way*,长篇小说代表作:《斑马森林》

吴有音

导演、作家、编剧。电影代表作:《南极之恋》,长篇小说代表作:《沙海无门》

王欣

作家。知名自媒体号“反裤衩阵地”创办人,代表作:《在不安的世界安静地活》《北京女子图鉴》

晓雪

国际著名时装杂志 *ELLE* 中国版前主编、作家。代表作：《优雅》《优雅是种力量》

辛夷坞

80 后青春文学领军人物。代表作：《致我们终将逝去的青春》《原来你还在这里》《抚生·孤暮朝夕》

小新

电台 DJ、青年作家。代表作：《没有你的晚安，我睡不着》

张新成

青年演员、流行乐歌手。代表作：《冰糖炖雪梨》《大宋少年志》《你好，旧时光》

祝羽捷

上海作协会员、作家。代表作：《万物皆有欢喜处》

图书在版编目（CIP）数据

朋友请听好 /《朋友请听好》节目组主编 . -- 南昌 : 百花洲文艺出版社 , 2020.7
ISBN 978-7-5500-3750-2

Ⅰ . ①朋… Ⅱ . ①朋… Ⅲ . ①随笔—作品集—中国—当代 Ⅳ . ① I267.1

中国版本图书馆 CIP 数据核字 (2020) 第 102707 号

朋友请听好

PENGYOU QING TING HAO

《朋友请听好》节目组　主编

出品人	蔡怀军　李国靖
特约监制	王　瑜
责任编辑	刘　云
特约策划	王　婷
特约编辑	王　婷　李　肖
封面设计	8⊙膠·小贾
版式设计	陈　飞
出版发行	百花洲文艺出版社
社　址	南昌市红谷滩世贸路 898 号博能中心Ⅰ期 A 座 20 楼
邮　编	330038
经　销	全国新华书店
印　刷	北京中科印刷有限公司
开　本	880mm × 1230mm　1/32
印　张	9
字　数	84 千字
版　次	2020 年 7 月第 1 版
印　次	2020 年 7 月第 1 次印刷
书　号	ISBN 978-7-5500-3750-2
定　价	68.00 元

赣版权登字：05-2020-71

发行电话　0791-86895108　　网　址　http://www.bhzwy.com